Simon Frömmel

Verlorene Heimat - Verlorene Illusion

Herstellung und Verlag: Books on Demand GmbH; Norderstedt
ISBN: 978-38370-9381-0

2009

Vorwort

In diesem zu Ende gehenden 20. Jahrhundert sind von Deutschland zwei Weltkriege ausgegangen, die über das eigene Volk als auch über andere Völker Europas und der Welt unsägliches Leid, Zerstörung und Tod gebracht haben. Bei vielen Nationen machte sich Haß gegen alles was deutsch war breit. Ein Haß, der sich teilweise auch darin äußerte, daß Menschen in den von Deutschland besetzten Gebieten ebenfalls Verbrechen an Deutschen verübten. Sie zahlten mit gleicher Münze dem Aggressor das zurück, was er ihnen antat. Opfer wurden gleichermaßen zu Tätern. In vielen Fällen traf dieser Haß Unschuldige. Die im Ergebnis des Zweiten Weltkrieges erfolgte Spaltung Deutschlands in zwei sich feindlich gegenüberstehende Gesellschaftssysteme führten erneut zu Feindschaft und Haß und brachten sehr viel Leid über Menschen in diesem geteilten Land.

Wenn ich in meinen Erinnerungen auch solche Taten von Menschen nenne, dann nicht deshalb, um sie an den Pranger der Öffentlichkeit zu stellen, sondern um daran zu erinnern, wie weit Haß und Feindschaft im Zusammenleben der Menschen gehen kann, welch schweres Leid dadurch für Menschen entsteht. Stefan Demiger aus Janova Lehota, ein gebürtiger deutscher Drexlerhauer, sagte mir in einem Gespräch über die letzten Tage von Drexlerhau, daß Haß der denkbar schlechteste Ratgeber im Leben der Menschen ist. Man sollte ihn daher stets meiden, besonders im politischen Leben. Eingedenk dieser Worte sollten sich die Menschen aller Nationen bemühen um gegenseitiges Verständnis und friedliches Nebeneinander. Haß und Feindschaft mit den furchtbaren Folgeerscheinungen für alle Beteiligten sollten und müßten der Vergangenheit angehören. Dafür ist in der Gegenwart kein Platz mehr. Die Erinnerung an diese Auswüchse des Hasses und der Feindschaft sollten aber stets Mahnung für alle Menschen sein, nie wieder solches im Zusammenleben der Menschen zuzulassen.

Simon Frömmel

Meinen Kindern und Enkelkindern zum Geleit

Mit den hier aufgezeichneten Erinnerungen möchte ich euch über meine ehemalige Heimat und mein Leben berichten. Als meine Kinder hattet ihr zwar Teil an einem Abschnitt meines Lebens, aber in eurer Kindheit und Jugend waren eure Probleme für euch vordergründiger. Daher sollt ihr etwas ausführlicher, als ich es euch bisher geschildert habe, über alles Wesentliche meiner ehemaligen Heimat und meines Lebens unterrichtet werden. Ich gehöre zu der letzten, noch lebender Generation von Drexlerhauern, die in der alten Heimat geboren wurde, dort die Kindheit und einen Teil der Jugend erlebten. Noch sind die Erinnerungen an diese Heimat, an Verwandte und an Geschehnisse dieser Zeit vor unserer Umsiedlung nach Deutschland wach. Diese Erinnerungen für euch niederzuschreiben, sie euch auf diese Art nahe zu bringen, ist zum Teil mein Anliegen mit dieser Niederschrift.

Auch über unseren Neubeginn in der damaligen sowjetischen Besatzungszone Deutschlands nach unserer Umsiedlung mit all den Problemen, die sich aus der Teilung Deutschlands nach dem verlorenen Krieg für uns alle ergaben, über unseren schweren Neuanfang in diesem Land, das eure Heimat ist, sollt ihr hier erfahren.

Alles, was hier niedergeschrieben ist, hat sich zugetragen. Die Namen von Personen, Orten und Ereignissen sind authentisch.

Dargelegte Ereignisse wie auch Handlungen von Menschen in dieser Zeit habe ich versucht, einer Wertung zu unterziehen, so wie ich das Ereignis beurteilte und wie ich Handlungen von Menschen und ihre Haltung zu bestimmten Ereignissen gesehen und aus meiner Sicht empfunden habe.

Ihr habt eure Kindheit und Jugend noch in der DDR erlebt. Über diese Zeit könnt ihr euch daher zum Teil selber ein Bild machen. Eure Kinder sind noch in der DDR geboren, wachsen aber nun in einem vereinten Deutschland heran. Wenn ihr nun euer weiteres Leben in diesem wiedervereinigten Deutschland, in einer für euch neuen, anderen Zeit lebt, so hoffe ich doch, daß ihr meine Handlungsweise in den Jahren nach dem Krieg, meine aktive Mitarbeit beim Versuch des Aufbaus einer neuen Gesellschaftsordnung nach diesem furchtbaren Zweiten Weltkrieg, der mir meine angestammte Heimat nahm, versteht. Dieser Krieg mit seinen Folgen für viele Menschen in der ganzen Welt hat dazu beigetragen, daß ich mich den Menschen zuwandte, die daran glaubten, daß nur durch eine neue, eine sozialistische Gesellschaftsordnung für alle Menschen der Grundstein für ein besseres Leben geschaffen werden kann. Eine Welt ohne Krieg und Elend, eine Gesellschaft der sozialen Gerechtigkeit und der sozialen Sicherheit. In einer solchen Gesellschaft solltet ihr froh und unbekümmert aufwachsen und euer Leben gestalten. Daran habe ich geglaubt und dafür habe ich als Soldat meine Pflicht getan, um diese neue Ordnung militärisch zu schützen. Die Wende 1989 und damit der Zusammenbruch der DDR brachte mir die Erkenntnis, daß das wirkliche Leben und ein Großteil der Menschen in diesem Land es anders gewollt haben.

Stralsund, im September 1997   Euer Vater und Großvater

Simon Frömmel

Drexlerhau vor 1945. Blick vom Eulenberg zum Galgenberg.

Drexlerhau - mein Geburtsort

In der Mittelslowakei, in den Ausläufen der Niederen Fatra, einge-
bettet in einem, teils von Bergen umgebenen und sich nach Süden zu
öffnendem Tal, liegt ein großes Dorf, Janova Lehota. Bis 1945 hieß
es Drexlerhau und wurde, mit Ausnahme einiger slowakischer
Familien und eines Ungarn, nur von Deutschen bewohnt. Nach dem
Ende des Zweiten Weltkrieges begann seitens der Tschechen, entsprechend des Potsdamer Abkommens und der Beneš-Dekrete, die
Vertreibung der deutschen Bevölkerung aus der ganzen Tschechoslowakei und somit auch aus diesem Dorf. Nur sehr wenig Einwohner durften damals in ihrem Geburtsort weiter bleiben. Die bleiben
durften hatten sich aktiv am Partisanenaufstand 1944 auf Seiten der
Aufständischen beteiligt. Mit der Vertreibung der deutschen Bevölkerung fand eine fast 600jährige deutsche Besiedlung dieses
Gebietes, dem Hauerland in der Mittelslowakei, ein Ende. Die leer-
stehenden Gehöfte wurden durch den tschechoslowakischen Staat an
slawische Bevölkerungsteile übereignet.
Nach schriftlichen Überlieferungen soll Drexlerhau 1376 durch
Kolonisten aus dem damaligen deutschsprachigen Raum, welche
durch die Kreuzer Grundherren ins Land gerufen wurden, gegründet worden sein. Urkundlich wurde Drexlerhau erstmalig 1487 genannt. /[1]

Die genaue Herkunft unserer Vorfahren ist nicht bekannt. Bei einem Großbrand um das Jahr 1800 fielen viele der damaligen Holzhäuser und die Kirche dem Feuer zum Opfer und mit ihnen die sicherlich sehr spärlichen schriftlichen Unterlagen über die Herkunft der Dorfbewohner und die Entstehung des Dorfes. Das, was uns heute bekannt ist, sind mündliche, sehr lückenhafte Überlieferungen von Bewohnern vor und nach dem Brand sowie Recherche von Sprachforschern über die Herkunft der Hauerländer. Eines gilt als sicher, die Gründung der Gemeinden fiel gleichzeitig mit der im Hochmittelalter einsetzenden deutschen Ostkolonisation zusammen.

In einem Filmbericht, der 1997 vom Südwestdeutschen Fernsehen ausgestrahlt wurde, wird erwähnt, daß die Deutschen der drei Siedlungsgebiete in der Slowakei - des Preßburger, des Zipser sowie des Kremnitzer Raumes - wahrscheinlich aus dem bayerischen Raum und Tirol oder teilweise durch Rückwanderung von Siedlern aus dem schlesischen Raum stammen könnten./[2] Drexlerhau liegt im Kremnitzer Siedlungsraum, dem sogenannten Hauerland. Nach schriftlichen Überlieferungen soll der Name Drexlerhau auf seinen Gründer, dem Lokator/[3] Johannes Drechsler, zurückzuführen sein. Die Endsilbe *hau* im Ortsnamen ist wahrscheinlich ein forsttechnischer Begriff, der besagt, daß die ersten Siedler Wald gerodet, also Wald ausgehauen haben, um Ackerböden und Freiflächen für die anzulegende Siedlung zu gewinnen. In früheren Jahren wurde Drexlerhau mundartlich verschiedentlich mit *Drechlerhaj, Drechslerhäu* oder auch *Drechselhaa* bezeichnet./[4] Die Slowaken nannten den Ort Janova Lehota, wobei die Bezeichnung *Janova* im Ortsnamen entsprechend der Überlieferung auf den Vornamen des Gründers Johannes Drechsler deutet. Der Begriff *Lehota* ist nicht eindeutig geklärt. Es wird vermutet, daß er auf eine bestimmte Frist der Zinsfreiheit für den Gründer der Siedlung hindeutet. /[5]

Während der Zugehörigkeit der Slowakei zum ungarischen Königreich, als auch in der Zeit der Doppelmonarchie Österreich-Ungarn, der k.u.k.-Monarchie, wurde der Ort Janos Gyarmat genannt.

Das bedeutet zu deutsch soviel wie die *Kolonie des Johannes*. Das Leben der ersten Siedler muß wohl sehr hart gewesen sein. Im Drexlerhauer Familienbuch wie auch im genannten Filmdokument über die Karpatendeutschen wird davon gesprochen, daß das Leben der Siedler in der ersten Generation von Tod, in der zweiten Generation von Not und erst in der dritten Generation von Brot gekennzeichnet war. /[6]

Im Laufe der folgenden Jahrhunderte wuchs der Ort dann zu einer der größten dörflichen deutschen Gemeinden in der Mittelslowakei, dem Hauerland, heran. Die Bezeichnung *Hauerland* für dieses Siedlungsgebiet hat sich im Laufe der Zeit herausgebildet und ist wahrscheinlich darauf zurückzuführen, daß es durch Rodung von Wäldern, dem Aushauen von Wäldern, entstanden und daher auch einige dieser Siedlungen die Endsilbe *hau* in ihrem Ortsnamen führen, wie zum Beispiel: *Neuhau, Krickerhau, Drexlerhau, Glaserhau, Kuneschhau, Honneshau.*

Drexlerhau liegt an einem Bach, der in einem nördlich vom Dorf gelegenen Berg, der Trauschel, entspringt. Am oberen Lauf des Baches ist das Tal, in dem das Dorf liegt, sehr stark eingeengt. An den beiden Seiten des Baches entstanden so nach und nach Häuser. Im Norden, Westen und teilweise im Osten ist Drexlerhau von hohen, bewaldeten Bergen umgeben. Nach Süden zu erweitert sich das Land, bildet flachhügelige Ebenen, die weit im Südosten und Süden wieder durch die Kremnitzer Berge begrenzt werden. Wir nannten die Drexlerhau umgebenden Berge die Große und die Kleine Trauschel, die Scheibe, Am Eben, Hänselberg, Eulenberg, Hupon, Pulnsberg, Wolfshügel usw. Auf diesen Bergen hatten viele Drexlerhauer ihre sogenannten Stübl, eine Art Blockhütte, wo sie oft in den Sommermonaten wohnten und teilweise sogar ihr Vieh mit hatten.

Meine Großeltern vom Howoritsch hatten ebenfalls auf einem der Berge am Grund ihr Stübl. Ich war hin und wieder von meinen Eltern zum Stübl der Großeltern geschickt worden um ihnen dort oben, gemeinsam mit Cousins von mir, die Kühe zu hüten. Für mich waren das immer schöne und erlebnisreiche Tage. Die anfallende Arbeit, das Hüten der Kühe und andere kleine Pflichten, die wir Kinder hatten, fiel uns nicht schwer. Derlei Arbeiten waren wir gewohnt. Zeit zum Herumstromern in der Umgebung, zum Spielen und das Beobachten der Natur, der Tierwelt, besonders der Singvögel, hatten wir genügend. Oft versuchten wir ein Nest von Buchfinken oder anderer Singvögel zu finden, um die Jungvögel, wenn sie flügge wurden, zu fangen und sie in von uns selbst gebaute Vogelkäfige zu sperren. Für die Verpflegung sorgte unsere Großmutter, die an solchen Tagen hier oben mit anwesend war. Beim Besuch meines ehemaligen Heimatdorfes Drexlerhau im Sommer 1994 war ich auf diesen Berg gestiegen und habe das Stübl gesucht. In meiner Erinnerung lag es rechts von einem Weg, der, beginnend an der Marienkapelle im Grund, weiter nach links oben führte. Links von diesem Weg, gegenüber der Stelle wo das Stübl einmal stand, war Hochwald. Ich fand die Stelle, wo das Stübl einmal stand, wieder. Das Stübl gab es nicht mehr. Nur einige Steine vom Fundament des Stübl lagen noch herum. Alles war mit Gestrüpp überwachsen. Der Hochwald, den ich als Kind so riesenhaft groß fand, war in Wirklichkeit nicht so groß. Der Kirschbaum, der Birnbaum und die beiden Pflaumenbäume, die in unmittelbarer Nähe des Stübl gepflanzt wurden, standen noch da. Von einer nahe gelegenen Quelle wurde damals Wasser über ein aus Holz gefertigtes Rohrsystem geleitet, welches in einem Trog am Stübl endete. Auch davon war nichts mehr vorhanden.

Drexlerhau hatte 1932, zur Zeit meiner Geburt, laut Einwohnerzählung etwa 3000 Einwohner. 1945 waren es bereits knapp 4000 Einwohner./[7]

Durchgeführte Berechnungen zur Ermittlung des Wachstums der Einwohnerzahlen, die sich über einen größeren Zeitraum erstreckten, ergaben anhand des Bevölkerungszuwachses in dieser Zeit, daß der Ort Drexlerhau von annähernd 60 Siedlern, die alle aus ihrem ehemaligen Ortsverband kamen, gegründet worden war.

Bis 1848 gehörte Drexlerhau zum Erzbistum Gran, welches auch der Grundeigentümer war und dessen Sitz in der südlich von Drexlerhau gelegenen Stadt *Heiliges Kreuz an der Gran* lag. In der Österreichisch-Ungarischen Monarchie waren zwei Gebietskörperschaften für die Besorgung aller Angelegenheiten der Gemeinden zuständig, die auch nach der Gründung der Ersten Tschechoslowakischen Republik beibehalten wurden. Die eine Gebietskörperschaft war das staatliche Notariat, dem der Notär mit seinem Stellvertreter vorstand und für die Durchführung der vom Parlament beschlossenen Gesetze zu sorgen hatte. Die andere Gebietskörperschaft war das Richteramt mit dem Richter und seinen Gemeindemitgliedern, die für alle inneren Angelegenheiten des Dorfes, auch der sogenannten „unteren Gerichtsbarkeit" zuständig waren. Der „Lokator", der die Siedler für die Gründung des Dorfes geworben hatte, war der erste Richter. Sein Amt war auf seine Nachkommen vererbbar. Der Sitz dieser Gebietskörperschaften war im Gemeindeamt, in dem sich auch die Gemeindebücherei befand. Dann gab es noch die Gendarmeriestation mit in der Regel vier bis fünf Gendarmen, dem „Kischbir" (Kleinrichter bzw. Gemeindediener), das örtliche Postamt, eine freiwillige Feuerwehr, mehrere Gaststätten, eine Arztpraxis zur medizinischen Versorgung der Dorfbewohner, eine Raifeisenbank, zwei Kindergärten, zwei Konsumfilialen und weitere Verkaufseinrichtungen für verschiedene Waren des täglichen Bedarfs.

Im Ort gab es eine katholische Kirche. Gegenüber von ihr stand die römisch katholische Volksschule und etwas weiter südlich davon die Gemeindevolksschule. Seit 1940 gab es eine weitere Schule, die Staatliche Deutsche Bürgerschule (vergleichbar mit einer Oberschule), die in den Räumen der Gemeindevolksschule untergebracht war.

Die Einwohner hatten ihren eigenen Hof und betrieben Landwirtschaft, hauptsächlich für den eigenen Bedarf. Ein Teil der Männer des Dorfes waren Maurer und arbeiteten im Sommerhalbjahr als solche auswärts, in der Slowakei, zeitweise auch in Österreich, Ungarn und in Deutschland. Sie waren weithin als gute Maurer bekannt. Besonders was die Bearbeitung von Felsblöcken für den Tunnelbau und Viadukte betraf, waren sie anerkannte Meister ihres Faches. Viele Tunnelbauten wie auch Eisenbahnviadukte und andere Bauten, besonders in der Slowakei, sind heute noch Zeugen ihrer Tätigkeit und ihres Könnens. Viele unserer Häuser in Drexlerhau waren aus Bruchsteinen gebaut. Die dazu notwendigen Steine, Quader und Blöcke bezogen unsere Einwohner aus dem oberhalb unseres Dorfes am Grund liegenden Steinbruch.

Bei unserem ehemaligen Lehrer Franz Senarsky in Revuca (Slowakei) 1994. Von links: Simon Frömmel, das Ehepaar Senarsky, Simon Binder

Als ich bei einem Drexlerhaubesuch 1994 unseren ehemaligen Drexlerhauer Lehrer, Herrn Franz Senarsky, in Revúca in der Ostslowakei besuchte, sagte mir dieser, daß unsere Männer auch in
Brezno - ein Ort nicht weit von seinem gegenwärtigen Wohnsitz -
als Maurer tätig waren und es noch heute dort viele Bauten gibt, die
sie errichtet hätten.
Auf meiner Rückfahrt nach Drexlerhau über den genannten Ort sah
ich dann solche Bauten stehen, alle aus massiven, zu Quadern be-
hauenen Felsblöcken gebaut.

Drexlerhauer auf Saisonarbeit. Sitzend Dritter von
links ist mein Vater

Es war bei uns im Dorf Brauch, daß sich die heranwachsende Jugend als auch Verheiratete im Sommer in der Slowakei, Österreich
und anderen benachbarten Ländern als Saisonkräfte in der Landwirtschaft und anderen Wirtschaftsbereichen verdingten, um so die
Familienkasse etwas aufzufrischen, da bei der Mehrzahl der Einwohner der Ertrag des eigenen Bodens in der Regel nicht ausreichte,
um durch Verkauf von landwirtschaftlichen Produkten die nötigen
Finanzmittel für die Anschaffung notwendiger Sachen, wie Klei-
dung, Gerätschaften für den Haushalt usw. zu erhalten. Das traf auch
für meine Familie zu. Der Ertrag unserer Felder reichte zwar aus,
uns mit den notwendigen Lebensmitteln einzudecken und unser Vieh
mit dem nötigen Futter zu versorgen, nicht aber, um andere Waren,
die man zum Leben brauchte, sich anzuschaffen. Mein Vater war
daher in den Sommermonaten in der Slowakei oder benachbarter

Länder als Maurer oder Saisonkraft tätig, um für die Familie das notwendige Geld heranzuschaffen. Obwohl meine Mutter aus einer reicheren Familie stammte, mußte sie sich in ihrer Jugend, entsprechend des bei uns herrschenden Brauches, auch als Saisonkraft in anderen Orten und Ländern verdingen. An langen Winterabenden erzählte sie und unser Vater uns Kindern davon.

Drexlerhauer Brauchtum

Es ist anzunehmen, daß einige der in Drexlerhau zu meiner Zeit ausgeübter Bräuche, weltliche als auch kirchliche, von den ersten Siedlern aus ihrem Ursprungsland übernommen wurden, andere im Laufe der Jahrhunderte sich herausgebildet haben. Seit jeher aber stand im dörflichen und religiösem Leben unserer Menschen die Kirche im Mittelpunkt aller Geschehnisse. Die Einwohner waren strenggläubige Katholiken und befolgten stets in ihrer Mehrzahl das, was der Pfarrer von der Kanzel predigte. Die kirchlichen als auch die weltlichen Bräuche wurden von ihnen stets mit großem Eifer ausgeübt. Es gab eine Vielzahl von Bräuchen in unserem Dorf, die bis 1945 von unseren Einwohnern regelmäßig ausgeübt wurden. An alle kann ich mich inhaltlich nicht mehr erinnern. So gab es zum Beispiel zum Jahreswechsel das Neujahrsfest. Es wurde in den Tanzsälen der Gasthäuser am Silvesterabend mit Musik und Tanz eingeleitet. Punkt Mitternacht setzte die Musik aus, die Tanzenden hörten auf zu tanzen und man wünschte sich gegenseitig ein glückliches neues Jahr. Danach wurde fröhlich weiter gefeiert./[8] Dann gab es das Osterfest mit dem volkstümlichen Brauch des Osterbadens am Ostermontag. Das Pfingstfest, die Sonnenwendfeier mit dem Abbrennen des Johannisfeuers auf den Bergen am Vorabend des 24. Juni jeden Jahres, das Weihnachtsfest und viele andere Bräuche mehr. Kirchliche Bräuche waren teilweise schon mit Teilen weltlicher Bräuche, die sich in der Abgeschiedenheit dieser Bergwelt im Laufe der Jahrhunderte herausgebildet hatten, durchsetzt. In der Ausübung weltlicher Bräuche schlug sich auch der starke Aberglaube der Einwohner nieder. Das Osterfest, beginnend mit Gründonnerstag, Karfreitag und Karsamstag, das Pfingstfest als auch das Weihnachtsfest war immer ein Höhepunkt im kirchlichen Geschehen. Die Kirche wurde aus diesen Anlässen immer sehr schön hergerichtet. So wurde zur Weihnachtszeit in der Kirche die Geburt

Jesus Christus durch die Aufstellung und Ausschmückung einer Krippe mit einem Kind und zu Ostern der Leidensweg und die Kreuzigung Jesus Christus, seine Auferstehung und Himmelfahrt bildlich dokumentiert. Zu solchen kirchlichen Anlässen kamen sogar aus den slowakischen Nachbardörfern Kosorin, Slaska und Lovčica Gläubige, um an den Feierlichkeiten in diesen Tagen in der Kirche teilzunehmen.

Auch andere kirchliche Bräuche wie des Gedenkens an die Verstorbenen am Allerseelentag oder die Heilige Kommunion und die Firmung der heranwachsenden Kinder und Jugendlichen, wurden durch die Einwohner regelmäßig begangen. Am Allerseelentag versammelten sich die Menschen auf dem Friedhof, schmückten die Gräber ihrer Verstorbenen, stellten Kerzen auf die Gräber und verharrten im stillen Gebet. In den Abendstunden leuchteten die brennenden Kerzen weithin. Der Friedhof sah wie ein Lichtermeer aus. Diese Art des Gedenkens an die Toten beeindruckte mich immer sehr. An der Kommunion und Firmung nahm ich auch teil. Ich weiß aber nur noch, daß ich in der Kirche durch den Pfarrer einer Weihe unterzogen wurde und bei der Firmung einen Firmpaten bekam, der mich nach der Firmung zu sich nach Hause einlud und bewirtete. Viele der weltlichen Bräuche und Sitten umrankten die Geburt, Höhepunkte des Lebens der Menschen in ihrem Dasein und den Tod. Daher waren diese Bräuche und Sitten sehr stark im Glauben und Leben der Einwohner Drexlerhaus verwurzelt. Diese Bräuche und Sitten begleiteten den Menschen in seinem Leben vom Beginn seines Erdendaseins bis zu seinem Tod. So galt zum Beispiel nach der Geburt eines Kindes, dem *Kindln*, die Mutter als unrein und mußte in der Kirche, zusammen mit dem Neugeborenen, vom Pfarrer erst den Segen erhalten. Sie ging daher nach der Geburt mit dem Kind auf dem Arm, begleitet von der Hebamme, in der rechten Hand eine brennende Kerze, in die Kirche um dort vom Pfarrer gesegnet zu werden. Es folgte die Taufe des Geborenen in der Kirche und dann alljährlich das Namensfest. In seinem sechzehnten Lebensjahr, wenn es ein Junge war, die Aufnahme in die Burschenrichterei bzw. die Knechtschaft. Diese Bezeichnung ist nicht mit der Tätigkeit eines Knechtes gleichzusetzen. Die Knaben in diesem Alter wurden bei uns gewöhnlich als Bursche oder Knecht bezeichnet, daher wahrscheinlich auch der Begriff Burschenrichterei oder Knechtschaft./[9] Mit diesem Akt wurde der Jugendliche in die Reihen der Jungknechte und mit der Vollendung des 18. Lebensjahres in die

Reihen der Altknechte aufgenommen. Dieser Organisation stand ein Burschenrichter vor, der für Ordnung und Einhaltung der ungeschriebenen Burschenregeln sorgte. Die Burschenrichterei war ein Ausdruck der patriarchalischen Lebensordnung unserer Einwohner. Sie richtete sich nach dem Autoritätsprinzip. Zur Zeit meiner Kindheit wurde dieser Brauch kaum noch ausgeübt. Erreichten die jungen Leute dann das heiratsfähige Alter, folgte die Hochzeit. Wenn sich zwei junge Menschen darüber einig waren zu heiraten, begab sich der Bräutigam zu den Eltern seiner zukünftigen Frau um die *Praut vulange* (die Braut zu verlangen).

Meine Eltern (sitzend vorn rechts) als Brautpaar.

Da den Brauteltern meistens bekannt war, wer der *Dschunkä* (Junker) ihrer Tochter war, erteilten die Eltern ihre Zustimmung zur Hochzeit./[10] Danach wurde durch die Eltern der Brautleute der Termin für die Hochzeit festgelegt und beim Pfarrer das Aufgebot bestellt. Die letzten drei Sonntage vor dem Hochzeitstermin wurde vom Pfarrer von der Kanzel den zum Gottesdienst versammelten Einwohnern verkündet, daß diese zwei jungen Menschen, der ehr- und tugendsame Jüngling und die ehr- und tugendsame Jungfrau in den heiligen Stand der Ehe treten. Die nun folgende Hochzeit wurde von besonderen Vorkehrungen begleitet. Daher dauerte sie in der Regel auch vier Tage. Diese Vorkehrungen waren der *Oldämasch*, der zwei Tage vor der Hochzeit im Haus der Brauteltern mit den engsten Verwandten stattfand.
Hier trat zum ersten Mal der *Druschpä*, der Hochzeitsbitter, der als

eine Art Zeremoniemeister im Verlaufe der Hochzeit fungierte, in Aktion. Der Oldämasch ist eine Vorfeier, eine Art Verlobungsfeier. Dem folgte am Abend des darauffolgenden Tages das *Prautpätt wüen* (das Brautbett fahren), das heißt, die Aussteuer der Braut mußte ins Haus des Bräutigams gebracht werden. Diese umfaßte das Bettzeug für den zukünftigen Hausstand sowie ihre gesamte Wäsche und Bekleidung. Danach fand die eigentliche Hochzeit statt und am vierten Tag als Nachfeier die *Schbegärundä* (Runde der Schwiegereltern). Dazu waren für den Tag nach der Hochzeit durch das Brautpaar persönlich alle nächsten Verwandten geladen worden. Die Jahre nach der Hochzeit bis zum Tod des Menschen waren dann angefüllt mit Arbeit und Sorge um das tägliche Brot und der Sicherung einer besseren Zukunft der Kinder, aber auch mit Freude und Stolz auf das Geleistete, was auch in der regen Ausübung der Bräuche und Sitten durch die Einwohner seinen Ausdruck fand.

Die Aufbahrung meines verstorbenen Cousins Stefan Frömmel, der Sohn meiner Tante Agnes

Mit dem Tod des Erdenbürgers erfolgte seine Aufbahrung mit anschließender Beerdigung und dem *Okar*, dem Leichenschmaus./[11] An der Beerdigung nahmen immer sehr viele Dorfbewohner teil. Vor dem Sarg, der von den männlichen Verwandten und Freunden der Verstorbenen bzw. des Verstorbenen getragen wurde, ging der Pfarrer, gefolgt von der Blasmusikkapelle, welche Trauermärsche spielte. Hinter dem Sarg gingen die nächsten Anverwandten und die an der Beerdigung teilnehmenden Einwohner.

Weitere Bräuche, welche zur Zeit meiner Kindheit in unserem Dorf ausgeübt wurden und an die ich mich noch recht gut erinnere, waren zum Beispiel zu Weihnachten das sogenannte Umsingen mit Rutenschlagen. Siebzehn- bis zwanzigjährige Burschen wurden vom Pfarrer in Gruppen eingeteilt, jede Gruppe für jeweils mehrere Häuser. Der Vorsänger ging der Gruppe voraus in das Haus, daß ihnen zugewiesen wurde, um dort um Einlaß zu bitten. Erhielten sie diesen, gingen sie ins Haus, stellten sich im Halbkreis auf und sangen ein ortsübliches Weihnachtslied. Ein Vers bzw. der Refrain dieses Liedes lautete etwa so: „... *Wir gehen in das Haus hinein, das Haus hinein und grüßen das liebe Jesulein...*". Dabei wurde von der Gruppe mit Ruten aus Birkenzweigen im Takt auf den Fußboden geschlagen. Dann wünschte der Vorsänger den Hausbewohnern ein gnadenreiches und fröhliches Weihnachtsfest. Anschließend gab es für die Sänger einige Weihnachtsgaben und danach ging es weiter zum nächsten Haus. Jedes Jahr wurden auch aus unterschiedlichen Anlässen durch die Gläubigen der Gemeinde mit dem Pfarrer Prozessionen zu Kapellen oder aufgestellten Kreuzen im Bereich des Dorfes gemacht, um zum Beispiel für eine gute Ernte zu bitten. Ich habe an Prozessionen zu unserer Marienkapelle anläßlich der Kräuterweihe, die fast jedes Jahr erfolgte, teilgenommen. Diese Kapelle steht am nördlichen Dorfausgang unmittelbar am Bach, im sogenannten Grund. Der Sage nach soll die Muttergottes bei ihrer Wanderung auch in unsere Gegend gekommen sein und, wo heute die Marienkapelle steht, durch Hinknien auf einen Stein sich ausgeruht haben. Dabei soll auf diesem Stein ein Abdruck ihres Knies zurückgeblieben sein. Der Stein mit dem Abdruck wird in der dafür errichteten Marienkapelle als Reliquie aufbewahrt. Gläubige der umliegenden Orte unternahmen daher oft Wallfahrten zu dieser Kapelle.

Diese Prozessionen erfolgten stets unter großem kirchlichen Pomp und reger Teilnahme durch die Einwohner. An der Spitze der Prozession ging ein Mann, der eine Kirchenfahne trug. Dem folgte der Pfarrer, der unter einem Baldachin ging. Der Baldachin wurde von Männern getragen. In einer Hand hielt der Pfarrer das Weihrauchgefäß, in der anderen den Weihwassersprengel. An seiner Seite gingen seine beiden Ministranten. Dann folgten die Einwohner, die an dieser Prozession teilnahmen. Auf dem Weg zu dem Prozessionsort wurde durch den Pfarrer und den Teilnehmern laut gebetet. Hin und wieder wurde die Prozession von der Musikkapelle, die Kirchenlieder spielte, begleitet. Mich beeindruckte eine solche Prozession immer sehr. Entsprechend meiner streng katholischen Erziehung glaubte ich damals an all das und auch daran, daß die Muttergottes unsere Bitte erhören wird.

Drexlerhauer Frauentracht (Fotoquelle: Drexlerhauer Heimatbuch)

Nach Erzählungen meiner Eltern haben die Bewohner Drexlerhaus bis in die Anfangszeit des 20. Jahrhunderts als Oberbekleidung teilweise noch Tracht getragen. Es waren selbst gefertigte Bekleidungsstücke, zum Teil aus gewebten weißen Linnen oder aus derbem Stoff aus Flachs, Hanf oder Schafwolle. Flachs und Hanf wurden zu meiner Zeit noch angebaut und für Gebrauchsgewebe für den Haushalt verarbeitet. Meine Eltern hatten zur Verarbeitung

noch alle dazu notwendigen Geräte, wie Brech- und Kämmein-
richtungen für Hanf und Flachs, Spinnrad und Webstuhl. Der für
Bekleidungsstücke angefertigte Stoff wurde gebleicht, zugeschnit-
ten, zu Bekleidungsstücken zusammengenäht und danach mit bunten
Stickereien versehen. Diese Arbeit wurde von den Mädchen und
Frauen, vorwiegend in den Wintermonaten gemacht. Die Frauen
beschäftigten sich in dieser Jahreszeit mit derlei Arbeiten, während
die Männer die Gerätschaften für das Haus und den Ackerbau
instand setzten, in den Gemeindewäldern oder den eigenen Wäldern
Bäume schlugen, ins Dorf transportierten und zu Bauholz oder
Brennholz verarbeiteten.

Auch meine Eltern besaßen noch ihre Tracht und bewahrten sie in
Truhen auf. In den slowakischen Dörfern war es zu meiner Zeit noch
Brauch, Tracht zu tragen. In unserem Dorf wurde sie aber nur noch
von einigen älteren Einwohnern getragen. Die jungen Frauen und
Männer trugen schon die Oberbekleidung, wie sie heute noch
vielfach in diesem südeuropäischen und südosteuropäischen Raum
üblich ist.

Auf den Fasching freuten wir Kinder uns besonders. Er war von
allen ausgeübten Bräuchen für uns am lustigsten. Auf ihn wurde sich
lange vorher gründlich vorbereitet. Die Faschingszeit währte vom
Faschingssonntag bis Aschermittwoch. Etwa zwanzigjährige und
einige ältere Burschen bildeten die beiden Tanzgruppen. Sie mußten
den Bogentanz tanzen, der eine besondere Attraktion war und der
vorher eingeübt wurde.

Diese Faschingstruppe ging von Haus zu Haus, begleitet von einer
Musikkapelle, sang und tanzte. Vor jedem Haus wurden Ständchen
für den Hausherrn, die Hausfrau und für die Töchter des Hauses
gespielt und getanzt. Die Hausbewohner spendeten dabei reichlich
Eier, Speck, Würste, Schinken und Geld. Dann ging es zum nächsten
Haus und so durch das ganze Dorf. Von den Burschen war einer als
Eierweib verkleidet, der die gespendeten Eier einsammelte. Ein
anderer war der Spießträger, der auch gleichzeitig der Spaßmacher
der Faschingstruppe war. Er steckte die gespendeten Würste, den
Speck und Schinken auf den Spieß. Die Geldspenden wurden vom
Anführer der Faschingstruppe entgegengenommen. In den Abend-
und Nachtstunden feierten dann die Faschingsgruppen mit Einwohnern in den zwei Gasthäusern - das waren die Gasthäuser
Frömmel und Fischer - bei Essen, Trinken und Tanzen. Der Tücheltanz wurde bei solchen Anlässen besonders gern und fleißig getanzt.

Zum Tücheltanz, der vor Mitternacht begann, wurde durch die Kapelle eine besondere Melodie gespielt. Vom Veranstalter, der mit diesem Tanz begann, wurde ein Tuch dazu benutzt, der mit einem Zipfel des Tuches ein von ihm erwähltes Mädchen berührte. Die Mädchen und Burschen standen dabei im Kreis herum. Das so berührte Mädchen sollte nun auf das vor sie ausgebreitete Tuch ihren Fuß setzen, was aber der Veranstalter beziehungsweise der Bursche durch Wegziehen des Tuches zu verhindern suchte. Das alles geschah tanzend, innerhalb dieses Kreises. Schaffte das Mädchen ihren Fuß auf das Tuch zu setzen, spielte die Kapelle einen Tusch. Das Paar kniete sich dann auf das ausgebreitete Tuch und küßte sich vor allen. Das führte stets zu großer Heiterkeit bei den Anwesenden. Der Tänzer spendete etwas Geld. Danach tanzten sie zum Abschluß einen Extratanz. Dann nahm das Mädchen das Tuch und berührte damit einen der Burschen der ihr gefiel oder der ihr Liebster war und die ganze Sache wiederholte sich. Diese Prozedur ging manchmal einige Stunden lang so.

Die Drexlerhauer Blasmusikkapelle. Mittlere Reihe, Zweiter von links mein Vater.

Mein Vater erzählte uns Kindern davon in den langen Winterabenden und führte auch mit unserer Mutter einen Tücheltanz vor. Er war in seiner Jugend Mitglied der Drexlerhauer Musikkapelle geworden und spielte Trompete. Unser damaliger Kantor und Lehrer Warchol hatte diese Kapelle gegründet und die jungen Männer musikalisch ausgebildet. Noch in meiner Kindheit spielte mein Vater in dieser Kapelle mit. Oft hat er in den Abendstunden zu Hause geübt.

Diese Musikkapelle spielte zu allen Anlässen im Dorf, ob bei einer Hochzeit, einer Beerdigung oder sonstigen Veranstaltungen, immer auf. Aber nicht nur der Tücheltanz wurde getanzt. Auch andere Tänze wie Walzer, Polka, oder Tänze wie der Tschardasch, ein ungarischer Tanz, waren Brauch. Brach der Morgen an, wurde der Tanz unterbrochen und auf den nächstfolgenden Abend vertagt. Nach dem Tanzgeschehen in der Nacht begann dann die Fortsetzung des Faschingstanzens.

Auch das Osterbaden wurde sehr gerne von uns Knaben wie auch den älteren und heiratsfähigen Burschen begangen. Lange vorher wurde von den Knaben und Burschen aus Zwiebelschalen, Rosenblättern und anderen Zutaten Parfüm angefertigt, um so für das Osterbaden gerüstet zu sein. Am Ostermontag früh suchten sie dann mit ihrem angefertigten Parfüm die Auserwählte oder Verwandte und Bekannte auf, besprengten die Hausfrau und die Töchter des Hauses nacheinander und riefen dabei: „Frisch und gesund." Der Lohn bestand in bunten Ostereiern, Kuchen und Geld. Im Verlauf des Nachmittags badeten dann die älteren Burschen mit Wasser die auf der Dorfstraße flanierenden jungen Dorfschönen. Die Mädchen warteten regelrecht auf diese Prozedur.

Dann gab es noch das Federschleißen. Immer dann, wenn in einem Haus die Hochzeit einer Tochter bevorstand, luden die Brauteltern in den Wintermonaten zum Federschleißen ein. Da wurden Gänsefederdaunen von den Kielen getrennt, was immer eine langandauernde und mühselige Arbeit war. Sie wurde aber mit großer Ausdauer durch die Frauen befreundeter Familien, Verwandten oder Nachbarn durchgeführt. Das ging in der Regel so, daß in der Wohnstube des Brauthauses, die ein großer Raum war, die Gänsefedern auf den Tisch geschüttet wurden. Ringsherum saßen dann auf Bänken und Stühlen die Frauen und Freundinnen der Braut und zupften fleißig die Federn. Der Bräutigam kam mit seinen Freunden dann meistens dazu. Diese neckten die Mädchen und Frauen und setzten auch hin und wieder einen für diesen Zweck gefangenen Spatz in den Federhaufen, der beim Auffliegen dann die Federn durcheinanderwirbelte. Das gab dann ein Gekreische und Gejauchze bei den Mädchen und Frauen. Zwischendurch erzählten sich die Frauen den neuesten Dorfklatsch oder, was meistens der Fall war, sie erzählten gruselige Gespenstergeschichten, wobei eine Frau die andere in ihren Erzählungen zu übertreffen versuchte. Die Teilnahme am Federschleißen gehörte zur geselligen Form in der Einwohnerschaft und war einer der Höhepunkte im dörflichen Leben. Das Federschleißen fing nach der Tagearbeit an und hörte meistens erst um Mitternacht auf. Die Winterabende und Winternächte waren lang und Federschleißen war somit auch eine angenehme Abwechslung. Eine Einladung zum Federschleißen war also immer sehr willkommen. Von meiner Familie nahm meine Tante Agnes an solchen Federschleißen oft teil. Sie hatte niemanden mehr. Ihr Mann war im ersten Weltkrieg gefallen, ihr Sohn starb einige Jahre danach. Sie hatte also nur noch unsere Familie. Ich wurde bei solchen Anlässen von meiner Tante sehr oft mitgenommen.

Ein weiterer Brauch war das Schlachtfest. Es wurde in den Familien begangen. Jede Familie hielt sich Schweine. Diese wurden dann in den Wintermonaten geschlachtet. Dazu kamen Familienangehörige, Onkel, Tanten und Großeltern, um bei dieser Arbeit zu helfen. Nach entsprechender Vorbereitung durch den Hausherrn wurden durch die Männer die Tiere nacheinander geschlachtet. Wir Kinder mußten beim Blutumrühren und auch beim Borstenabschaben nach dem Abbrühen helfen. Am späten Nachmittag, wenn die meiste Arbeit getan war und die ersten Blutwürste und Leberwürste sowie das Wellfleisch zubereitet waren, setzte sich alles an den Tisch. Die Erwachsenen an den großen Tisch in der Wohnstube und die Kinder an einen separaten Tisch. Nun wurde durch die Frauen aufgetischt. Blutwurst, Leberwurst, Wellfleisch, Sauerkraut und viele andere Speisen mehr. Für die Erwachsenen gab es dabei dann noch geistige Getränke, meist waren es selbst gebrannte Getränke wie Slibowitz, Getreidekorn oder Wacholderschnaps. Das ging dann bis in die späten Abendstunden so. Wir Kinder freuten uns schon immer auf das jährliche Schlachtfest. Daß dieses mit sehr viel Arbeit für unsere Eltern verbunden war, sahen wir ja nicht.

Diese Bräuche und Sitten unserer Vorfahren hielten sich in der Abgeschiedenheit des Dorfes, in dieser Bergwelt, bis in meine Zeit hinein fast unverändert. Sie jedes Jahr zu begehen, nach ihnen zu leben, war Tradition für unsere Menschen und wurde auf diese Art der heranwachsenden Generation nahegebracht. So blieb wohl auch unsere deutsche Mundart in ihrer wahrscheinlich ursprünglichen, bayerisch-mittelhochdeutschen Mischmundart erhalten.

Meine Geburt - mein Elternhaus

1932, am 14. Juni, wurde ich als drittes Kind der Eheleute Franz Frömmel und Maria Frömmel geboren. In der Dorfkirche wurde ich durch den damaligen katholischen Pfarrer, Josef Weiterschütz, auf den Namen Simon getauft. Der Taufakt ist im Kirchenmatrikel eingetragen, nebst Eltern, Taufpaten, etc. Bei einem Besuch 1994 in der Drexlerhauer Kirche habe ich das alles im Kirchenmatrikel nachlesen können.

Ich habe noch Geschwister. Meine erste Schwester Katharina wurde 1927 geboren. Sie starb im Alter von vier Monaten an einer Kinderkrankheit. 1929 wurde mein Bruder Paul, 1933 mein Bruder Johann und 1936 meine zweite Schwester Agnes geboren.

Mein Geburtshaus gehörte damals meinen Großeltern Michael und Teresia Frömmel. Es war ein eingeschossiges langes Haus, wo im vorderen Teil die Wohnräume, im mittleren Teil die Wirtschafts- und Werkstatträume und im hinteren Teil die Stallungen für das Vieh lagen. Moderne Möbel, wie wir sie gegenwärtig kennen, gab es damals bei uns nicht. In der Wohnstube stand in einem Eckbereich der große Eichenholztisch mit Bänken an den Wandseiten und Stühlen.

Als Beleuchtung dienten Kerzen oder eine Petroleumlampe. In die-

Vor meinem Elternhaus bei meinem Besuch Drexlerhaus im Sommer 1994

sem Raum befanden sich auch die Betten der Erwachsenen, wenn dafür keine besondere Schlafkammer im Haus war. In einer anderen

Ecke befand sich der gekachelte Teil des Backofens von der Vorküche, der im Winter mit Wärme spendete. An seinen beiden Seiten
waren Bänke, sowohl zum Sitzen wie auch zum Schlafen. Für die
Bekleidung waren Truhen da. Diese standen entweder in der Wohnstube oder in der Schlafkammer. Die große Wohnküche war bei uns
auch gleichzeitig der Schlafraum für uns Kinder. In der Vorküche
befand sich die Befeuerungsstelle für den Backofen. Meine Mutter
und Tante Agnes haben in der Regel jede Woche Brot und zur
Freude von uns Kindern auch Kuchen gebacken. Über den Wohn-,
Wirtschafts- und Werkstatträumen waren Dachböden, auf denen
verschiedene Gerätschaften oder Futtermittel für das Vieh gelagert
wurden. Hinter unserem Haus befand sich das Anwesen unseres
Nachbarn Urban Lang. Dahinter begann unser Garten mit etwa 30
Obstbäumen und am Ende des Gartens stand unsere Scheune. Hinter
dem Garten lagen die Felder. Bei vielen Anwesen war das so.
Zwischen den Gärten und den Feldern verlief ein Weg an der
Ostseite des Dorfes bis zum Friedhof entlang. Er war die Dorfgrenze. An der dem Dorf zugekehrten Seite dieses Weges waren
meistens Büsche oder Zäune als Begrenzung. Obwohl die Häuser
des Dorfes numeriert waren, hatten diese Häuser bzw. Häusergrup-
pen noch zusätzlich eine namentliche Bezeichnung, wie zum
Beispiel: *Maure, Mölnemechl, Glitze, Gobeheln, Benzemechl, Mel-
lige, Hikl, Schuste, Howoritsch, Palpinde* usw. Die jeweilige
Bezeichnung ist wahrscheinlich auf den Namen oder eventuell in
Einzelfällen auf die berufliche Tätigkeit des Siedlers zurückzuführen, der das Anwesen gegründet bzw. gebaut hat. Wenn dann
später auf diesem Anwesen ein weiteres Haus oder mehrere gebaut
wurden, so erhielten diese auch die gleiche Bezeichnung. Zu meinem Elternhaus und zwei weitere Häuser in unserer unmittelbaren
Nachbarschaft sagte man im Dorf *„zum Mölnemechl."* Der erste
Siedler, der dieses Anwesen geschaffen hat, hieß aller Wahrschein-
lichkeit nach Müller Michael (Mölne = Müller; mechl = Michael),
oder er übte die Tätigkeit eines Müllers aus und hieß mit Vornamen
Michael.
Hinter unserem Haus und südlich von uns lagen die Anwesen weiterer Nachbarn von uns, den *Maure`s.*
In früheren Jahrhunderten, als Hausnummern noch nicht verwendet
wurden, sollen sich die Einwohner nur nach den Häusernamen
gerichtet haben. Diese Sitte blieb auch nach Einführung der Hausnummern im Jahr 1852 bei uns bis zu unserer Aussiedlung erhalten.

In unserem Dorf war es üblich, die Männer mit *Wette* und die Frauen mit *Mühmel* anzusprechen. Sprach man über eine andere Person, so wurde diese durch Voranstellen ihres Vornamens vor Mühmel bzw. Wette bezeichnet, also: *Mechel-Wette, Marige-Mühmel,* usw. Da aber gleiche Vornamen im Dorf oft verwendet wurden, war es wichtig, noch den Häusernamen mit beizufügen. Zum Beispiel: *Glitze's Dschusof-Wette* (Dschusof = Josef), *Mölnemechl's Marige-Mühmel, Schuste's Terese-Mühmel* usw. Bei Kindern und Jugendlichen wendete man nur den Hausnamen und Vornamen an: *Schuste's Sime, Glitze's Viktor, Mölnemechl's Sime,* usw. Damit waren meine Cousins Simon Binder und Viktor Schneider als auch ich gemeint. Wenn meine Eltern zu mir sagten, gehe mal zu *Howoritsch's Ferdinand-Wette,* dann wußte ich genau, wo das war. Diese Art der Bezeichnung war ortsüblich und jeder richtete sich danach.

Meine Eltern

Mein Vater, Franz Frömmel, wurde 1903 in Drexlerhau geboren. Er war der Jüngste unter seinen Geschwistern. Mundartlich redeten wir unseren Vater mit der althochdeutschen Bezeichnung „*Nan*" für Vater an.

Unsere Familie in den 70er Jahren. Vorn meine Mutter, mein Vater, dahinter neben mir von links: mein Bruder Paul, meine Schwester Agnes und mein Bruder Johann

Er war gut aber auch streng zu uns Kindern. Wenn der eine oder andere von uns ganz arge Sachen machte, gab es stets mit dem Hosenriemen ein paar auf den Hintern. Er nahm uns Kinder aber auch gegen ungerechtfertigte Anwürfe in Schutz, so, wie es wohl jeder Vater macht. Wenn er im Ausland oder irgendwo in der Slowakei auf Arbeit war, was sehr oft der Fall war und dann nach Hause kam, hat er stets auch eine Kleinigkeit für uns Kinder mitgebracht, um uns eine Freude zu bereiten.

Meine Mutter, Maria Frömmel, geboren 1903 in Drexlerhau, war eine kleine und zierliche Frau. Wir nannten sie mundartlich „Mutte." Sie war für uns Kinder immer da. Hatten wir etwas angestellt, was eine Strafe verdiente, war sie nicht in der Lage, uns dafür zu bestrafen. Es genügte schon ein bittender Blick von uns und das Festhalten ihrer Hände, daß sie von ihrer Absicht Abstand nahm. Sie nahm uns dann in ihre Arme und drückte uns. Danach war für sie alles vergessen. Ich kann mich nicht erinnern, je von meiner Mutter Prügel bekommen oder eine andere Strafe erhalten zu haben. Zu unserer Mutter konnten wir Kinder mit allen unseren Problemen kommen. Immer fand sie für uns Zeit, obwohl im Sommer die ganze Last der täglichen Haus- und Feldarbeit auf unserer Mutter ruhte. Sie war unter ihren Geschwistern die Älteste, eine geborene Stang vom Howoritsch. Ihre Eltern gehörten zu den wohlhabenden Familien des Dorfes. Sie hat, wie man damals so sagte, in eine weniger begüterte Familie eingeheiratet.

Mein Vater stammte aus einer Familie mit weniger Grundbesitz. Bei der Gründung unseres Dorfes war wohl für die jeweilige Siedlerfamilie reichlich Land zu gleichen Teilen vorhanden, welches den Siedlern durch die Kreuzer Grundherren zugewiesen worden war. Aber im Laufe der Jahrhunderte wurde das Land einer Familie bzw. eines Siedlers immer kleiner. Das Erbrecht sah eine Teilung unter den Kindern des Siedlers vor. Wer Geld hatte, konnte sich welches hinzu kaufen. Nur hatten die meisten Drexlerhauer das wahrscheinlich nicht immer in dem Maße. So erging es sicherlich auch meinen Vorfahren und meinem Vater. Beim Tode unserer Großeltern erbte er zwar das Gehöft und einen Teil der Felder, weil er seine Eltern bis zu ihrem Tod versorgte. Der größere Teil der Felder wurde unter den Geschwistern aufgeteilt. Die Teile seiner beiden Schwestern, Johanna und Agnes, kaufte mein Vater auf. Der Teil von Tante Agnes, der Frau seines im Ersten Weltkrieg gefallenen Bruders Paul, verblieb in der Familie, da diese Tante bei uns im

Haus mit lebte und arbeitete. Das Anwesen hat sich daher nur um den Teil, der an seinen älteren Bruder Michael fiel, verkleinert.

Die Pläne meiner Eltern waren, später unser Haus durch einen Ausbau so zu vergrößern, daß wir Söhne mit unseren zukünftigen Familien dann genügend Platz zum Wohnen gehabt hätten, bis wir uns selber ein Haus bauten. Der Sohn mit seiner Familie, der die Eltern bis zu ihrem Tod versorgte, erbte dann gewöhnlich das Haus der Eltern. Zum Ausbau des Hauses kam es durch unsere Evakuierung ins Sudetengebiet und unserer Zwangsaussiedlung 1946 von dort nach Deutschland dann nicht mehr.

Obwohl die Lebensbedingungen für die Menschen in Drexlerhau aus meiner heutigen Sicht gesehen, sehr hart waren und sie viele Entbehrungen auf sich nehmen mußten, wir dagegen aber in Deutschland bessere Lebensbedingungen in der Folgezeit hatten, haben meine Eltern den Verlust der angestammten Heimat bis zu ihrem Tod nicht verwinden können. Ihre letzte Ruhe fanden sie, fern ihrer ehemaligen Heimat, auf dem Friedhof in Barby/ Elbe.

Meine Großeltern von väterlicher Seite

Meine Großeltern von väterlicher Seite hießen Michael Frömmel und Theresia Frömmel. Mein Großvater starb 1936. An ihn kann ich mich nur noch soweit erinnern, daß da ein großer, schwarzbärtiger Mann war, angetan mit einem Schafspelz, womit er uns Knaben immer erschreckte, indem er diesen öffnete und sagte: Hu, hu, jetzt kommt der böse Wolf. Die letzte Erinnerung die ich an ihn habe ist, wie er im offenen Sarg mit gefalteten Händen aufgebahrt liegt. Meine Großmutter Theresia war zu uns Kindern gut. Als Kind konnte ich mit all meinen Sorgen stets zu ihr kommen. Immer hat sie mich dann getröstet. Ich hatte sie sehr gerne und oft habe ich, als ich noch klein war, bei ihr im Bett geschlafen. Hatte ich etwas angestellt, nahm sie mich gegenüber meinen Eltern stets in Schutz. An ihren Sterbetag kann ich mich noch sehr gut erinnern. Es war ein Wochentag im Sommer 1943. Meine Mutter rief mich und sagte zu mir, laufe schnell zu Howoritsch's Johanna-Mühmel und zu Gobeheln's Agel-Mühmel und sage ihnen, unsere *Gruse*, so nannten wir mundartlich die Großmutter, liegt im Sterben. Als ich von diesem Botengang zurückkam, war meine Gruse schon verstorben. Ich weinte darüber bitterlich an ihrem Sterbebett.

Meine Großeltern von mütterlicher Seite

Meine Großeltern von mütterlicher Seite waren Franz Stang und Agnes Stang vom Howoritsch. Sie gehörten zu den wohlhabenden Familien des Dorfes. Ihr Anwesen war sehr groß, sie hatten auch ein großes, doppelstöckiges Haus. Mit im Haus lebte noch eine Schwägerin meiner Großeltern, die Frau des Bruders meines Großvaters, sowie Onkel Josef, ein Bruder meiner Mutter mit seiner Familie und Onkel Siegfried, der jüngere Bruder meiner Mutter. Die Schwägerin meines Großvaters war eine etwas kleine, rundliche Frau, aber von einer unsagbaren Güte, besonders uns Kindern gegenüber. Da ihr Mann in jungen Jahren durch einen Blitzschlag starb, blieb sie kinderlos und gab daher ihre ganze Liebe den Kindern ihrer Verwandten.

Mein Großvater machte den Eindruck eines strengen Mannes, war aber ein ruhiger und uns Kindern gegenüber ein gütiger Mensch. Als Kind hatte ich einen großen Respekt vor ihm. Unsere Großmutter machte den Eindruck einer strengen und unnahbaren Frau. Ihr gegenüber übte ich stets Distanz. Da mein Großvater im Verlauf des Ersten Weltkrieges als Soldat in russische Gefangenschaft geriet, viele Jahre als Gefangener in Sibirien verbrachte, lag die ganze Last der täglichen Arbeit, der Versorgung der Familie und aller Entscheidungen, die das Leben betraf, bei meiner Großmutter.

Meine Großeltern Agnes Stang ....und Franz Stang

Unsere „kleine" Gruse

Wahrscheinlich hat sie diese Zeit in ihrem Verhalten zu anderen
Menschen geprägt. Als Kind war ich nur selten bei diesen Großeltern. Wenn, dann nur auf Geheiß meiner Mutter oder meines
Vaters.
Dagegen war die Schwägerin meiner Großeltern, diese kleine und
rundliche Mühmel, für uns wie eine Großmutter. Sie kam sehr oft zu
uns. Wir Kinder sprachen sie auch mit Gruse an, obwohl sie nicht
unsere Großmutter war. Ihre Taschen bargen immer etwas für uns
Kinder. Entweder Süßigkeiten oder ein paar Kronen, was ja für uns
auch mit Süßigkeiten gleichzusetzen war. Für eine Krone bekam
man damals 10 Stück Stollwerk Bonbons. Wie oft habe ich mir
damals als Kind gewünscht, daß meine richtige Großmutter so zu
uns Kindern wäre. Aber das harte und teilweise sehr entbehrungs-
reiche Leben in dieser Region hat wahrscheinlich die meisten dieser
Menschen hart gemacht. Hart zu sich selbst und hart zu anderen.
Brauchten meine Eltern aber dringend Hilfe, so erhielten sie diese
auch meistens von meinen Großeltern.
Meine Großeltern erlebten noch den Verlust der angestammten
Heimat. Sie wurden bei unserer Vertreibung nach dem Krieg ebenfalls nach Barby an der Elbe umgesiedelt und von dort später von
ihrem jüngsten Sohn Siegfried nach dessen Wohnsitz in Forchheim,
Bayern, geholt, wo sie nach Jahren eines glücklichen Daseins hoch-
betagt, im Alter von 85 Jahren starben und auf dem dortigen Friedhof ihre letzte Ruhe fanden.

Meine Kindheit

Meine Kindheit verbrachte ich, behütet von Eltern und Großeltern, in Drexlerhau. An die Zeit bis etwa meinem 6. Lebensjahr habe ich nur sehr schwache Erinnerungen. Dafür an die späteren Jahre bis zu unserer Umsiedlung um so bessere Erinnerungen. An unser hartes, aber auch für uns Kinder so erlebnisreiches Leben. An verschiedene Ereignisse im Dorf und an viele Streiche, die ich allein oder gemeinsam mit meinen Nachbars- und Jugendfreunden beging. Es gibt wohl kaum einen Jungen, der in seiner Kindheit oder Jugend keine Streiche beging. So war es auch bei mir.

Aus meiner heutigen Sicht kann ich sagen, daß ich unter uns Geschwistern wohl der Wildeste war und manche Streiche ausführte, die meinen Vater veranlaßten, zum Hosenriemen zu greifen und mir hin und wieder eine ordentliche Tracht zu verabreichen. Trotz aller negativen Seiten des Lebens erinnere ich mich aber sehr gerne an meine Kindheit, an die Ungebundenheit und das Jungsein und natürlich auch an vieles, was in jener Zeit und in den folgenden Jahren bis zu unserer Aussiedlung im Dorf so passierte. Vor allem aber an viele Jugendstreiche und andere kleine Sünden. So hatte ich zum Beispiel einmal meine Schulaufgaben nicht gemacht, weil mir das Herumtoben im Freien und Streiche aushecken mit meinen Nachbarsfreunden wichtiger erschien, als die kostbare Freizeit mit Schulaufgaben zu verbringen und bekam dafür von meinem Lehrer fünf Stockhiebe mit dem Rohrstock auf den Hintern. Als ich mich bei meinem Vater darüber zu Hause beschwerte, erhielt ich von ihm nochmals als Zugabe die doppelte Anzahl. Das reichte mir damals als Lehre, nie wieder so etwas meinem Vater zu beichten oder mich bei ihm darüber zu beschweren. Die Lehrer gehörten gewissermaßen zur dörflichen Obrigkeit und der mußte Respekt gezollt werden. Wenn ich also in der Schule, aus welchem Grunde auch immer, gestraft wurde, hatte ich damit das Ansehen meiner Familie geschädigt und wurde zu Hause durch eine weitere Strafe nachdrücklich darauf hingewiesen, wie ich mich zu verhalten hatte.

Er nahm mich aber auch in Schutz gegenüber unseren Lehrern, wenn ich ungerechtfertigt durch diese gestraft wurde. Ich hatte mir einmal beim Schnitzen mit dem Taschenmesser ein Stückchen von meiner linken Daumenkuppe abgeschnitten, was sehr stark blutete. Nachts hatte sich der Verband gelöst und die Wunde fing an stark zu bluten. Als meine Großmutter das merkte, ich schlief in jener Nacht bei ihr, hatte ich schon viel Blut verloren, so daß ich am nächsten Tag sehr geschwächt war und meine Eltern mich nicht zur Schule gehen ließen. Mein damaliger Lehrer Franz Senarsky legte mein Fernbleiben als Schuleschwänzen aus und verabreichte mir daher, als ich Tags darauf wieder zur Schule kam, eine ordentliche Tracht Prügel. Mein Vater hatte, als ich weinend nach Hause kam, deshalb mit dem Lehrer in dieser Frage eine harte Auseinandersetzung.

Ein anderes Mal wieder hatte ich mit meinen Nachbarsfreunden Otto Bublak, Adolf Lang und Eduard Frömmel auf unserem Hof den von meinem Vater aus unserer Kreisstadt Kremnitz geholten Zement dahingehend verbraucht, daß wir ihn mit Wasser zu einem Brei anrührten und damit Straßen, Bunker und Plätze bauten. Da wir ja auf Bildern über Deutschlands Aufrüstung, den Autobahnbau und Bunkerbau sahen, wollten wir das auf diese Art und Weise nachmachen. Bei den damaligen Verkehrsbedingungen war es sehr beschwerlich, solche Ware aus Kremnitz heranzuschaffen. Mein Vater kam nach Hause, sah das, ergriff seinen Hosengürtel und dann setzte es eine Tracht. Ich lief ihm, so schnell ich konnte, dabei davon und versteckte mich in unserer Scheune, wo ich die ganze Nacht zitternd vor Angst blieb. Aus Angst vor weiterer Strafe und aus Angst vor Gespenstern schlief ich dann wohl auf dem Stroh in der Scheune ein. Meine Eltern suchten mich die ganze Nacht. Als ich am nächsten Morgen dann wieder zum Vorschein kam, waren sie glücklich, mich wieder zu haben.

Eine andere Sache war die mit dem Grauschimmelpaar eines Slowaken. Diese Pferde standen bei unserem Nachbarn auf dem Hof. Es war Mittagszeit. Aus Pferdeschwanzhaaren konnte man wunderschöne Ketten flechten. Schwanzhaare von Grauschimmeln waren dafür etwas besonderes. Mein Bruder Paul sowie mein Cousin Viktor Schneider trauten sich an Pferde heran. Sie schnitten einem dieser Pferde aus der Mitte des Schwanzes Haare heraus. Das fiel ja nicht auf. Aber ich hatte vor solchen Tieren eine mächtige Angst. Ich angelte mir daher mit einem Stock ein Büschel vom Schwanz heran und schnitt Haare ab. Das sah die Enkelin unseres alten Nachbarn, dem Mechel-Wette. Dieses Mädchen, Lydia, lief zu ihrem Großvater, der mit dem Slowaken beim Mittagsmahl saß und rief: Grusnan (das ist mundartlich die Bezeichnung für Großvater), der Simele schneidet dem Pferd den Schwanz ab. Beide, der alte Mechel-Wette und der Slowake, kamen heraus und schauten sich die Sache an. Ich war aber schon längst verschwunden. Natürlich erstattete der Slowake bei der Gendarmerie unseres Dorfes eine Anzeige gegen mich. Am Nachmittag dieses Tages habe ich eine unserer Kühe in der Nähe der Grenez (Bezeichnung für Grenze zum slowakischen Nachbardorf Kosorin) gehütet. Von weitem schon sah ich zwei Gendarmen kommen, mit Tschako und geschultertem Gewehr. Als sie bei mir waren und fragten, ob ich der Simon Frömmel wäre, leugnete ich nicht, denn vor den Gendarmen war uns Kinder nicht ganz geheuer. Für uns waren sie absolute Respektpersonen und kamen in unserer Rangliste gleich nach dem lieben Gott. Ihre ganze Erscheinung, wenn sie mit Tschako und geschultertem Gewehr die Straße entlang gingen, wirkte schon Respekt einflößend. Wir zogen es daher stets vor, um sie einen großen Bogen zu machen. Als sie dann fragten, ob ich dem Pferd den Schwanz abgeschnitten hätte, leugnete ich aus lauter Angst ebenfalls nicht. Danach gingen sie. Das Ende vom Spiel war, daß mein Vater für diesen Schönheitsfehler am Grauschimmelpaar an den Slowaken 450 Kronen zahlen mußte. Das war zu der Zeit sehr viel Geld. Für diesen Jugendstreich habe ich zum ersten Mal von meinem Vater keine Strafe erhalten.

Meinen Nachbarsfreunden und mir hatte es auch der Kirschbaum unserer Nachbarin, der Furisch-Mühmel, angetan. Dieser Baum stand an der Nordseite des Hauses der Furisch-Mühmel und hatte immer große und sehr süße Kirschen. Auf dem einen Ast helle und auf dem anderen Ast dunkle Kirschen. Was versuchten wir nicht alles, um an die Kirschen zu kommen. Die alte Frau paßte sehr scharf auf wenn die Kirschen reif waren. Sie kannte uns und unser Verlangen nach diesen Kirschen. Sie wand um den Stamm sogar Dornen, damit wir nicht auf den Baum kamen. Aber auch das schreckte uns nicht ab, hin und wieder, wenn die Luft rein war, von diesen Kirschen zu stibitzen. Bekanntlich sind die Kirschen in Nachbars Garten immer am süßesten.

Wenn ich heute an diese Zeit zurückdenke, dann scheint es mir, daß ich eine sehr schöne Kindheit hatte, wie ich sie meinen Kindern, die ja ihre Kindheit im Umfeld einer Stadt erlebten, so nicht bieten konnte. Von klein an lernte ich die Umwelt, die Pflanzen und Tiere kennen, war mit ihnen vertraut in dieser abgeschiedenen Bergwelt. Ich war ein Teil dieser, meiner Welt. Verschiedene Waren, die heute zu unserem Alltagsleben gehören, kannten wir nicht und wären zu jener Zeit für uns unerschwingliche Luxusgüter gewesen. Wir waren daher mit dem, was wir hatten, sehr zufrieden.

So wuchs ich heran. Mit acht Jahren mußte ich wie auch mein Bruder Paul schon zu Hause bei der Versorgung des Viehs und auf dem Feld mithelfen. Mein Bruder Johann war noch zu klein, so daß er zu Arbeiten nicht herangezogen wurde. Etliche Äcker im Bereich unseres Dorfes waren durchweg sehr steinig und wenig ertragreich. Jedes Jahr mußten von ihnen Steine abgesammelt werden. Die Grenze zu unserem slowakischen Nachbardorf Kosorin, ein südöstlich von unserem Dorf sich von Norden nach Süden hinziehender Höhenzug, war durch Anhäufung solcher Steine als Grenzwall gekennzeichnet. Einen Acker von uns, der in der Nähe des Rosenkranzgartens lag und immer viele Steine hatte, nannten wir daher nur den Steinacker. Als Kinder mußten wir jedes Jahr von diesem Acker Steine absammeln.

Der Rosenkranzgarten lag südlich unseres Dorfes auf einer kleinen Anhöhe. Er war eine mit Büschen und Bäumen umrandete ovale Rasenfläche, in der Form eines Rosenkranzes. Auf dieser spielten wir Kinder besonders gerne. Auch gab es dort ebenfalls einen Kirschbaum mit großen, dunklen und sehr süßen Kirschen. Nur der Stamm des Baumes war für uns sehr hoch und glatt, so daß wir nur sehr schwer hinaufklettern konnten, um an die Kirschen zu kommen. So versuchten wir, mit langen Stangen oder mit Wurfgeschossen die Kirschen herunterzuschlagen. In der Nähe des Rosenkranzgartens lag auch der Galgenberg. Er war sicherlich in den zurückliegenden Jahrhunderten eine Richtstätte des Dorfes. Daher wahrscheinlich auch die Bezeichnung Galgenberg.

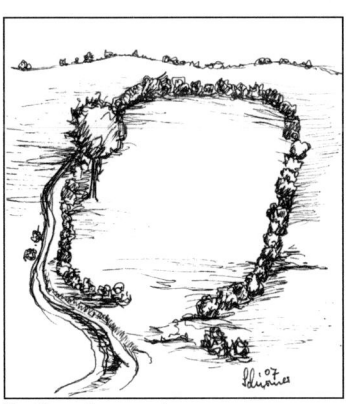

Der Rosenkranzgarten

Der Rosenkranzgarten wurde nach 1945 durch die Slowaken ge-
schleift und zu Ackerland gemacht. Als solches fand ich diese
Fläche 1994 vor, als ich Drexlerhau zum ersten Mal, fünfzig Jahre
nach unserer Evakuierung bzw. Zwangsaussiedlung wiedersah. Eine
für mich sehr schöne Kindheitserinnerung war damit zerstört.
Auch beim Mähen unserer Wiesen mußte ich mit zupacken. Wenn
die erste Mahd bevorstand, ging es morgens schon sehr früh hinaus
auf die zu mähende Wiese. Das Gras mußte vom Tau noch naß sein,
um es besser mähen zu können. Vater hatte für meinen Bruder Paul
und mich eine unserer Größe entsprechende Sense angefertigt, mit
der wir beim Mähen mithelfen mußten. Vater als Schrittmacher
voran, dann mein Bruder Paul und als letzter in der Reihe ich. Paul
und ich mußten uns dabei immer schön sputen. Wenn unsere Mutter
dann zur Frühstückszeit hinzu kam, hat sie die gemähten Schwaden
auseinander gestreut, damit der Trocknungsprozeß schneller ging.
Nach zwei bis drei Tagen, wenn das gemähte Gras getrocknet war,
wurde es als Schober errichtet und mußte nur noch nach Hause
gebracht werden. Das war fast immer Aufgabe unserer Mutter. Sie
hat das Heu mittels eines großen Tuches zu einer Bürde gebunden
und diese auf dem Rücken nach Hause getragen. Und das immer
wieder, bis alles zu Hause war. Für unsere zierliche Mutter war das
eine ungeheure Anstrengung, denn von den Wiesen am Großwasser
oder am Dorfbach waren das immer einige Kilometer Weg bis nach
Hause.

Meine Schulzeit

Ich wurde am 1. September 1938 eingeschult. Die erste bis dritte
Klasse besuchte ich in der römisch katholischen Volksschule zu
Drexlerhau. Meine Klassenlehrer in dieser Schule waren im ersten
und dritten Schuljahr Herr Franz Senarsky und im zweiten Schuljahr Frau Weiterschütz, die Schwägerin unseres damaligen Pfarrers
Josef Weiterschütz. Diese Schule stand gleich gegenüber der Kirche. Durch den Krieg wurde sie stark beschädigt und ist wahrscheinlich aus diesem Grund nach 1945 von den Slowaken abge-
rissen worden. Heute befindet sich an dieser Stelle nur noch eine
Rasenfläche.
Unseren ehemaligen Lehrer, Franz Senarsky, habe ich 1994 und
1996 in der Ostslowakei, in Revúca, wo er wohnte, besucht. Er

Die römisch katholische Volksschule zu Drexlerhau. Davor meine
Klasse mit der Lehrerin Julia Windisch

stammt aus der Stadt Käsmark in der Zips (Hohe Tatra), einem
deutschen Siedlungsgebiet in der Slowakei. Im Sommer 1997 starb
er im Alter von 95 Jahren in Revúca.

Rechts von der Straße das große Gebäude war unsere
Gemeindevolksschule und spätere Bürgerschule

Die vierte und fünfte Klasse absolvierte ich in der Gemeindevolksschule zu Drexlerhau. Sie lag nicht weit weg von der römisch
katholischen Volksschule. Diese Schule hatte zum Teil noch
Klassenräume in der römisch katholischen Volksschule. So waren
die vierte und die fünfte Klasse der Gemeindevolksschule, in die ich

ging, in der römisch katholischen Volksschule untergebracht. In der vierten Klasse war meine Klassenlehrerin Fräulein Julia Windisch aus Krickerhau und in der fünften Klasse wieder Herr Franz Senarsky.

Am 1. September 1943 begann mein Unterricht in der ersten Klasse der Staatlichen Deutschen Bürgerschule zu Drexlerhau. Die Klassenräume dieser Schule befanden sich in der Gemeindevolksschule. Alle Kinder, die ab der fünften Klasse befähigt waren in die Bürgerschule aufgenommen zu werden, kamen in diese Schule.

Das Pensum in dieser 1. Klasse war höher als in der 6. Klasse der Gemeindevolksschule. Die restlichen Kinder besuchten dann bis zur 8. Klasse die Gemeindevolksschule.

Meine Klasse mit unserem Lehrer Franz Senarsky.
Vordere Reihe ganz rechts bin ich

In der Bürgerschule war mein Klassenlehrer Herr Paul Sander. Weitere Lehrer, die ich in meiner Schulzeit hatte und an die ich mich besonders gerne erinnere, waren Herr Rudolf Schwarz, Herr Josef Schnitzler, Herr Alfred Hanel, Herr Karl Warchol und Fräulein Sedlatschek. Unsere Lehrer stammten aus anderen Orten der Slowakei und des Sudetenlandes.

Sie alle waren von Geburt Deutsche. In unseren Schulen wurde zu meiner Zeit in deutscher Sprache unterrichtet. Slowakisch hatten wir nur als Fremdsprache. Die Einwohner sprachen untereinander eine bayerisch-mittelhochdeutsche Mischmundart, die teilweise schon mit neuzeitlichen Wörtern und Begriffen durchsetzt war. Die Erwachsenen sprachen außer deutsch noch slowakisch und ältere

Einwohner sogar noch die ungarische Sprache, die sie in der Zeit erlernten, als die Slowakei noch zum Königreich Ungarn gehörte und ungarisch Amtssprache war.

Die Bürgerschule besuchte ich nur 1943/44. Dann war aufgrund der Kriegsereignisse der Schulbesuch für uns Kinder erst einmal zu Ende.

In der römisch katholischen Volksschule und der Gemeindevolksschule wurden wir Kinder nach Geschlecht getrennt unterrichtet. So gab es immer eine Klasse für Jungen und eine Klasse für Mädchen usw. Das galt bis zuletzt, bis zu unserer Evakuierung aus unserem Heimatort ins damalige Sudetengebiet. In der Staatlichen Deutschen Bürgerschule waren Jungs und Mädels schon gemeinsam in einer Klasse.

In unserer Schule gab es zu meiner Zeit noch die Prügelstrafe. Auch unser Pfarrer nutzte die Gelegenheit, uns im Religionsunterricht Prügel zu verabreichen. Trotzdem haben wir dadurch weder körperlich noch seelisch einen Schaden davongetragen. Jetzt, da ich dies niederschreibe, gibt es in den deutschen Schulen die Prügelstrafe nicht mehr, obwohl sie manchmal bei einigen Schülern noch angebracht wäre, um ihnen den Respekt vor älteren Menschen gründlich einzubleuen. Da die Prügelstrafe damals gang und gäbe war, herrschte große Zucht und Ordnung in den Klassen. Natürlich versuchte der eine oder andere Junge (von den Mädchen weiß ich das nicht) manchmal aus dieser Ordnung auszubrechen. Aber aufgrund der drakonischen Strafen unterließen es diese Jungs dann schnell und fügten sich. Der Religionsunterricht wurde vom damaligen katholischen Pfarrer unseres Dorfes, Josef Weiterschütz, durchgeführt. Er bestand in der Regel nur darin, daß wir Kinder der Reihe nach den Katechismus lesen mußten. Wer beim Lesen etwas stockte, erhielt sofort einen Hieb mit seinem Rohrstock über den Rücken gezogen. Dabei sagte er: "Jetzt kommt die Schlange Gottes und straft euch." Das war sehr oft der Fall. Der Pfarrer war daher bei uns Kindern nicht sehr beliebt. Wir versuchten, ihm immer wieder einen Streich zu spielen. In den Wintermonaten legten wir manchmal vor Beginn seines Unterrichts ein Stück Kerzenwachs in die heiße Ofenröhre des Ofens im Klassenraum. Das gab einen furchtbaren Qualm, so daß der Religionsunterricht ausfallen mußte und wir Kinder dann im Freien im Schnee herumtoben konnten. Hin und wieder schlug er uns mit seinem Rohrstock auch auf die Handfläche, was sehr weh tat, besonders im Winter, wenn unsere

Hände in den Pausen beim Herumtoben im Schnee durch diesen richtig klamm waren. Wir rieben uns daher schon immer vorsorglich die Handflächen mit Zwiebeln ein. Das hatte zur Folge, daß diese sofort stark anschwollen, wenn uns der Pfarrer jetzt mit dem Rohrstock auf die Handfläche schlug. Wir heulten dann besonders laut, so daß er es doch mit der Angst bekam und uns schnell ein paar Kronen als Trost gab. Darauf zielten wir es ja ab. Wenn er uns schon strafte, so sollte diese auch für ihn etwas schmerzhaft sein, denn Geld schien er sehr zu lieben. Einmal hatte ich mich kurz vor Beginn seines Unterrichtes unter dem Katheder versteckt. Der Katheder des Lehrers stand auf einer Erhöhung des Fußbodens. Bei einer Wette mit meinen Klassenkameraden hatte ich geäußert, daß ich mich beim Religionsunterricht unter dem Katheder verstecken werde. Ich hatte das in der Annahme gesagt, daß der Pfarrer, wie stets üblich, im Klassenraum umhergehen werde und nicht am Katheder sitzen würde. In dieser Annahme irrte ich mich aber diesmal. Er saß fast ausnahmslos während des Unterrichtes am Katheder. Ich machte mich darunter so klein wie möglich, damit er mich mit seinen Füßen nicht anstieß und so den Schwindel entdeckte. In dieser Unterrichtsstunde habe ich eine mächtige Angst ausgestanden, die Wette aber gewonnen. Wie jeder richtige Junge, beteiligte ich mich eben auch an solchen und anderen Streichen. Der Verursacher solcher Streiche wurde gewöhnlich nie gefunden. Ich war in der Schule ein Schüler, der seine Arbeit in der Regel ordentlich erledigte, was auch meine Zeugnisse ausweisen. Ich hatte stets gute Zensuren. Was man uns in den einzelnen Unterrichtsfächern beibrachte, wurde durch die Lehrer sehr gründlich getan. Bei manchem verhalf auch der Rohrstock etwas dazu. Das Auswendiglernen war eine der Grundmethoden im Unterricht in den unteren Klassen. Mir fiel das Lernen nicht schwer. Was die Lehrer uns an Unterrichtsstoff vermittelten, begriff ich schnell, ohne mich damit nochmals zu Hause zu beschäftigen oder viel Freizeit für die Anfertigung meiner Hausaufgaben zu verwenden. Meine Mutter erzählte meinen Kindern, daß ich immer morgens, bevor ich zur Schule mußte, meine Hausaufgaben gemacht hätte, während meine Kameraden, die mich auf dem Weg abholten, warten mußten. Sie hätte sich daher immer gewundert, daß ich trotzdem gute Noten erhielt. Meine Kameraden haben auf mich nur gewartet, weil sie von mir auch noch schnell die Aufgaben abschreiben wollten. Das wußte meine Mutter natürlich nicht.

Sommerzeit, Ferienzeit

Für uns Kinder war die schönste Zeit immer der Sommer, wenn es Schulferien gab. Die waren immer im Juli und August. Da konnte man jeden Tag von früh bis spät im Freien herumtoben, gemeinsam mit den Nachbarsfreunden oder allein Streiche aushecken und vieles andere mehr. Mit am schönsten für uns Kinder war das Baden in unserem Dorfbach.

Kinder beim Baden in einem Tümpel

Dieser lag mit seinem Bachbett etwa zwei Meter tiefer als die Straße. Wenn in den Sommermonaten starke Regenfälle oder Wolkenbrüche auftraten, schwoll der Bach sehr stark an und wurde zu einer reißenden Flut, die über die Ufer trat und innerhalb des Dorfes Verwüstungen anrichtete. Daher war der Bach durch die Einwohner Ende der dreißiger, Anfang der vierziger Jahre reguliert worden. Seine Ufer im Dorfbereich wurden schräg ausgemauert und in Abständen, zur Beruhigung des Wasserlaufs, Wehre angelegt. Unterhalb eines solchen Wehrs errichteten wir Kinder in den Sommerferien aus Bachsteinen und Rasenbatzen als Dichtungsmaterial eine Mauer. Dadurch staute das Wasser zurück und es bildete sich ein etwa 1,5 m tiefer Tümpel in dem wir dann badeten. Für uns Kinder war das ein Riesenspaß. Zwischendurch haben wir natürlich auch den Eltern bei der Haus- und Feldarbeit geholfen. Wir waren das gewohnt und unsere Eltern achteten auch streng darauf, daß wir unsere kleinen Pflichten einhielten.
In dieser Zeit waren unsere Wiesen am Grusbosse (Großwasser) und

am Dorfbach gemäht und vom Heu geräumt worden. Nun konnten wir die Kühe auf diese Wiesen treiben und hüten. Meistens war das auf den Wiesen am Grusbosse. Am Grusbosse hatten etliche Drexlerhauer ihre Wiesen. Sie lagen auf der westlichen Seite des Dorfes, hinter den Äckern und zogen sich an dieser Seite von Norden nach Süden. Begrenzt wurden sie am Luem - so nannten wir einen höheren und bewaldeten Bergzug westlich unseres Dorfes - durch die Landstraße Krickerhau-Kreuz. Diese Wiesen wurden von Norden nach Süden von zwei sehr kleinen Bachläufen, mehr Rinnsal als Bach und einem größeren Bach, dem Grusbosse, durchzogen. Dieser Bach, der fast parallel zur Landstraße Krickerhau-Kreuz verlief, war die Grenze zwischen dem Drexlerhauer Gebiet und eines südwestlich gelegenen slowakischen Dorfes, dem Lovčicer Gebiet.
Einer der kleinen Bäche verlief im sogenannten Krebesgrund, einem zum Teil sumpfigen Wiesenbereich, in dem es viele Krebse gab. Daher wohl auch der Name Krebesgrund.

Der Krebesgrund

In diesem Krebesgrund hatten wir auch in einer Senke eine Wiese. Dort stand auch ein sehr großer Walnußbaum, in dessen Schatten ich beim Kühehüten gerne saß. Im Norden endeten die Wiesen an einem Berghang, dem Alnpiag (Eulenberg). Im Süden grenzten sie an die dort liegenden Dorfbachwiesen, die von den Grusbossewiesen durch die südliche Verbindungsstraße von Drexlerhau zur Landstraße nach Krickerhau-Kreuz und einigen dazwischen liegenden Äckern getrennt wurden. Die Dorfbachwiesen wurden an ihrer Westseite von der Landstraße Krickerhau-Kreuz und an ihrer Ostseite vom Dorfbach, der sich von Norden durch unser Dorf hier entlang schlängelte, begrenzt. Das Bachufer an den Dorfbachwiesen war von

Weiden und weidenähnlichen Bäumen sowie Büschen gesäumt. Wenn zur Osterzeit diese Bäume blühten und Kätzchen trieben, holten wir Kinder von dort die mit Kätzchen besetzten Zweige zum österlichen Schmücken der Wohnung. Das waren dann unsere österlichen Palmenzweige.

Bei einem Besuch Drexlerhaus im Sommer 1997 wollte ich mir auch den Krebesgrund und die Grusbossewiesen ansehen. Beides fand ich in ihrer ursprünglichen Geländeform, wie sie mir in Erinnerung war, nicht mehr vor. Ein großer Teil des Wiesenbereichs am Großwasser und der Krebesgrund wurde nach 1945 eingeebnet. Die ehemalige Geländeform mit ihren Hügeln und Senken, Büschen und Bäumen, wie ich sie von meiner Kindheit her in Erinnerung hatte, existiert daher nicht mehr. Eine weitere Kindheitserinnerung war für mich damit verloren gegangen.

Wenn also die Schulferien begannen, war es mit das größte Vergnügen von uns Kindern, unsere Kühe auf den Grusbossewiesen zu hüten, wie wir es nannten. Dazu wurden die Kühe von uns morgens dorthin getrieben, wo wir sie dann weiden ließen. Wir waren mit Essen versorgt und konnten nun den ganzen lieben langen Tag hier herumtoben. Die Kühe, die wir hüten sollten, konnten sich nicht verlaufen, höchstens ins Dorf zurücklaufen. Die einzige Sorge, die wir hatten war, wenn sich auf der anderen Seite des Baches slowakische Jungs mit ihren Kühen befanden. Dann gab es gewöhnlich einen kleinen Krieg unter uns. Wir hatten einen Kampfruf, der in unserer Mundart etwa so hieß: *„Hi baißa bit, wo seima writ, ho ritschi, ho pitschi, hi baißa bit. "*

Was das bedeutete, wußten wir nicht. Dieser Ruf war eine Überlieferung von unseren vorangegangenen Generationen. Es war bei uns Brauch, den Kühen Glocken mit einem Lederriemen um den Hals zu hängen. Jede Glocke hatte ihren eigenen, unverkennbaren Klang. Diese Glocken waren der Anlaß des kleinen Krieges zwischen uns deutschen Jungs aus Drexlerhau und den slowakischen Jungs aus dem Dorf Lovčica. Die slowakischen Jungs betitelten uns mit *„ty si Schwaby."* Das bedeutet etwa auf deutsch: Du bist ein Schwabe. Das Wort Schwabe war für uns als Schimpfwort gedacht. Wenn die Slowaken abfällig über die Deutschen sprachen, dann bezeichneten sie diese immer als Schwaben. Eine Seite fing immer an, der anderen Seite von den Kühen die Glocken zu stibitzen. Passierte uns das durch die slowakische Seite, dann stürmten wir mit unserem Kampfruf los und bemächtigten uns der Glocken ihrer Kühe. Es gab bei solchen Anlässen nie Verletzte, bis auf ein paar Beulen viel-leicht. Am Abend oder in den darauffolgenden Tagen mußten unsere Eltern dann diese Sache mit den slowakischen Nachbarn bereinigen. Ansonsten vertrieben wir uns die Zeit mit allerlei Spielen, oder wir saßen am Lagerfeuer und haben den von uns von zu Hause mitge-brachten Speck am Spieß gebraten, was uns sehr gut schmeckte und werteten dabei solche Kämpfe mit den slowakischen Jungs aus. Manchmal wurden auch Mutproben abgegeben, indem ein Bäum-chen herab gebogen wurde und einer von uns dieses an der Spitze erfaßte und sich hochschnellen ließ. Nicht jeder hatte den Mut dazu. Oder wer zum Beispiel am schnellsten auf die Erlen, die am Bach-ufer standen, klettern konnte. Auch versuchten wir im Bach Forellen mit den Händen zu fangen. Die Fische waren aber meistens flinker als wir. Auch das Rauchen wurde ausprobiert. Dazu wurden Ziga-retten aus trockenem Kartoffelkraut oder aus Erlenblättern gedreht. Das schmeckte uns furchtbar, aber es mußte ausprobiert werden. Mundartlich sagten wir dazu *Motschken*.

Am südlichen Ende der Wiesen gab es sumpfige Stellen. Wenn wir beim Herumtoben die Zeit der Rückkehr ins Dorf verpaßten, dann geschah es schon einige Mal beim Dunkelwerden, daß sich auf dieser sumpfigen Wiese sogenannte Elmsfeuer bildeten. Diese tan-zenden Lichter waren für uns Kinder ja Geister, vor denen wir unsagbare Angst hatten. Der Aberglaube in unserem Dorf war sehr stark ausgeprägt. Da ich von meiner Tante Agnes sehr oft zum Federschleißen an langen Winterabenden mitgenommen wurde und die Frauen dort immer gruselige Geister- und Gespensterge-schichten erzählten, bekam ich immer eine furchtbare Angst und rückte näher an meine Tante heran, damit das Gespenst, sollte es einmal zur Tür hereinkommen, mich nicht ergreifen könnte. Beim Nachhauseweg von solchen Anlässen, auch bei klaren Winter-nächten, hielt ich mich dann immer dicht an meine Tante, um so Schutz zu haben. Wenn solche Elmsfeuer auftraten, dann trieben wir die Kühe mit größter Eile über den südlichen Grusbosseweg ins Dorf, um ja nicht etwa von so einem Geist geholt zu werden. Die Kühe verloren bei diesem Gehetze gewöhnlich einen großen Teil ihrer Milch, so daß beim Melken zu Hause dann kaum noch etwas herauskam. In dieser Jahreszeit als auch den folgenden Herbst-monaten wurde ich oft von meiner Mutter zum Himbeerpflücken, Pilze- und Haselnußsammeln in den Luem mitgenommen. In den umliegenden Wäldern waren Beeren, Pilze und Haselnüsse in genügender Menge zu finden, so daß unsere Menschen in dieser Zeit oft unterwegs waren, um entsprechende Vorräte davon für die Wintermonate anzulegen. Aus den Himbeeren wurde der Saft gewonnen, der dann in den Wintermonaten als eine Art Medizin bei Erkältungskrankheiten verwendet wurde. Zum Sammeln dieser Früchte brauchte man vom slowakischen Förster einen Freischein, da dieser Waldbereich zum slowakischen Dorf Lovčica gehörte. Dieser kostete immer ein paar Kronen. Da Geld ja stets knapp war, gingen wir immer ohne einen solchen Schein. Wir durften uns daher vom Förster nicht erwischen lassen. Der hätte uns die gesammelten Früchte weggenommen, was hin und wieder dem einen oder anderen Dorfbewohner auch passierte.

Der Beginn vom Ende des deutschen Dorfes Drexlerhau

Die Sommerferien nach meinem 1. Schuljahr 1944 in der Bürgerschule hatten gerade begonnen, da ging im Dorf ein Gerücht herum, daß sich in den Wäldern Partisanengruppen bildeten. Drexlerhauer sollen welche getroffen haben, wo sich die Partisanen mit dem Satz: „*Ja som Partisan*," zu deutsch: Ich bin ein Partisan, zu erkennen gaben. Einige Drexlerhauer sollen sich auch den Partisanen angeschlossen haben, da sie nicht bereit waren, in die reichsdeutsche SS gezwungen zu werden. Diese deutschen Einwohner wollten am Kampf gegen die damalige slowakische Regierung unter Tiso als Staatspräsident teilnehmen. Seit der Einverleibung des Sudetenlandes in das Deutsche Reich und der Besetzung der Tschechei durch reichsdeutsche Truppen, war die Slowakei ein selbständiger slowakischer Staat geworden, ein Vasall Hitlerdeutschlands. Der Staatspräsident war Josef Tiso, ein Pfarrer und Führer der Slowakischen Volkspartei, der von der slowakischen Hlinka-Garde, einer schwarz uniformierten, halbmilitärischen profaschistischen Truppe und der Deutschen Partei unterstützt wurde.

Wenn ich hier den Begriff Reichsdeutsche verwende, dann deshalb, weil diese Bezeichnung für Deutsche aus dem damaligen Deutschen Reich für uns Deutsche aus der Slowakei üblich war. Wir wurden von den Reichsdeutschen als Volksdeutsche bezeichnet.

Es gab Drexlerhauer, die Parteigänger dieser neuen Ordnung waren, aber auch Drexlerhauer, die Gegner Tisos und seiner Partei sowie der Nationalsozialisten waren und diese bekämpften. Diese

Gegner waren Mitglieder der Kommunistischen Partei der Slowakei und ihre Sympathisanten. Von diesen sollen sich einige den Partisanen angeschlossen haben, um gegen den Tiso-Staat zu kämpfen. Die Anhänger der nationalsozialistischen Bewegung in unserem Dorf hatten schon längere Zeit vorher eine Ortsgruppe der Deutschen Partei der Slowakei und die halbmilitärische Freiwillige Schutzstaffel, FS genannt, gebildet. Etliche Drexlerhauer verhielten sich zu den politischen Ereignissen neutral, sie wollten nur ihre Ruhe haben. Auch die Jugendorganisation Deutsches Jungvolk (DJ), ein Ableger der Hitlerjugend (HJ), wurde in unserem Dorf gegründet. Ich wurde, trotz Verbot meines Vaters, in ihr Mitglied. Die Beeinflussung von uns Kindern in der Schule durch die deutschen Lehrer im nationalsozialistischem Sinn war sehr groß, so daß viele von uns dem Jungvolk beitraten. Mein Vater verfolgte die Geschehnisse sehr aufmerksam. Er hielt sich aber aus jeder politischen Betätigung heraus. Er war kein Freund Hitlers und Tisos und deren Anhänger. Er lehnte diese ebenso ab wie die Kommunisten des Dorfes. Vom Osten her, von der damaligen Sowjetunion, näherte sich die Front. Es war also nur noch eine Frage der Zeit, wann die Grenze der Slowakei am Duklapaß von sowjetischen Truppen erreicht und überschritten wird. Die Partisanenfront im Inneren der Slowakei sollte wohl dies beschleunigen. Natürlich war die Mehrzahl der Drexlerhauer durch die Partisanenbewegung aufgescheucht worden. Bis dahin lebten unsere Menschen in relativer Ruhe im Dorf. Von den Kriegsereignissen hatten wir alle Kenntnis. Etliche männliche Drexlerhauer waren ja inzwischen als sogenannte „Freiwillige" in die reichsdeutsche SS eingezogen worden. Einige von ihnen in Ketten, da sie nicht bereit waren als SS-Soldaten für Deutschland in den Krieg zu ziehen. Zu diesen gehörte auch ein Cousin von mir, Michael Frömmel, der Sohn des älteren Bruders meines Vaters. Diese eingezogenen Drexlerhauer kämpften an der Seite der reichsdeutschen Truppen an fast allen Fronten. Ansonsten spürten wir vom Krieg bis dahin wenig. Versorgungsschwierigkeiten gab es im Dorf bis zu diesem Zeitpunkt nicht, bedingt durch die Eigenproduktion der Nahrungsmittel. Ende August 1944 brach dann in der Slowakei der Partisanenaufstand vorzeitig aus. Der Grund dafür war die Erschießung der reichsdeutschen Militärmission durch Partisanen. Diese Deutschen kamen aus Rumänien und fuhren über die Slowakei nach Deutschland. Dabei passierten sie den Bahnhof in Skt. Martin, eine kleine Stadt nördlich von Drexlerhau.

Hier wurden sie von Partisanen aus dem Zug geholt und auf dem Kasernenhof erschossen. Es waren etwa 30 reichsdeutsche Militärangehörige mit General Otto an der Spitze. Über diesen Vorfall wurde durch Gustav Husak in seinem Buch *"Der Slowakische Nationalaufstand"* berichtet. Die Parole der Partisanen lautete: *"Tod allen Deutschen. Mor ho - morde ihn!"*
Im Zuge des Aufstandes wurde auch unser Dorf, da es ja ein deutsches Dorf war, von einer Partisanengruppe besetzt. Bei hereinbrechender Dunkelheit kamen sie mit zwei Lastkraftwagen aus Richtung Krickerhau ins Dorf gefahren. Wir Kinder hüteten unsere Kühe auf den Grusbossewiesen und sahen die Partisanen auf der Landstraße Krickerhau-Kreuz, aus Richtung Krickerhau kommend, entlangfahren. Vor lauter Angst trieben wir so schnell wie möglich unsere Kühe zurück ins Dorf. Ich hatte gerade unsere Kühe im Stall, als auch schon die Partisanen auf der anderen Straßenseite ins Dorf einfuhren. Sie hielten auf der anderen Bachseite, auf der Höhe meines Elternhauses und sprachen mit einem dort wohnenden Ehepaar, den Rosenbergers. Wir als Nachbarn wußten, daß dieses Ehepaar mit den Kommunisten des Dorfes sympathisierte. Die Rosenbergers riefen uns zu, wir sollten schnell ins Haus gehen, da gleich geschossen werde. Bei der beginnenden Schießerei gab es im Dorf eine Tote, eine Frau Elisabeth Bublak, die in der Nähe meines Elternhauses, auf der anderen Straßenseite, ihr Haus hatte und im oberen Dorf einen Mann, der durch einen Schuß verwundet wurde. Die Partisanen schossen mit Maschinengewehren einfach die Straße entlang. Dabei wurde diese Frau, die mit ihrer Enkelin auf dem Arm auf der Veranda ihres Hauses stand, durch Maschinengewehrgeschosse tödlich getroffen.
Die Nachricht vom Einzug dieser Partisanentruppe verbreitete sich im Dorf mit Windeseile. Einige Männer, führende Mitglieder der Deutschen Partei der Slowakei unseres Dorfes, flüchteten sofort in die umliegenden Wälder. Und sie hatten auch allen Grund dazu, denn wie wir am Tage darauf erfuhren, wurden einige von ihnen von den Partisanen gesucht. Wir nahmen damals an, daß die Besetzung unseres Dorfes eine planmäßige Aktion der Partisanen war. Als ich 1996 Drexlerhau besuchte, sprach ich mit einem deutschen Einwohner, Herrn Stefan Demiger, der selbst Partisan war, da er nicht in die SS gezwungen werden wollte wie sein Freund Michael Frömmel und während des Aufstandes im Stab der Partisanen als Melder tätig war, darüber. Dieser sagte mir, daß unser Dorf nur auf-

grund der Forderung einer Familie Petrozi aus Kreuz, welche die Partisanen dafür bezahlte, von der Partisanentruppe besetzt wurde. Diese sollten den Drexlerhauern Angst einjagen und an ihnen Rache nehmen. Kreuz war eine Marktstadt an der Gran, die südlich von unserem Dorf, etwa 10 km von ihm entfernt lag. Damals hieß diese Stadt Svätý Kríž nad Hronom, zu deutsch: Heiliges Kreuz an der Gran. Jetzt heißt sie Žiar nad Hronom, das heißt soviel wie Morgenröte an der Gran. Zur Zeit der Besiedlung dieses Gebietes mit Deutschen hatte dort der Bischof von Oberungarn seinen Sommersitz.

Im Verlauf des Aufstandes wurden durch die Partisanen auch Greueltaten an der deutschen Bevölkerung der Slowakei begangen. So erschossen sie als Racheakt die männliche Bevölkerung ab dem 16. Lebensjahr des deutschen Ortes Glaserhau. In den folgenden Wochen marschierten auf Ersuchen der Tiso-Regierung deutsche SS-Verbände, die Gruppe Schill, wie sie sich nannte, in die Slowakei ein und begannen mit der Niederschlagung des Aufstandes. Ende September 1944 wurde durch diese Verbände unter Mitwirkung einiger Drexlerhauer auch unser Dorf befreit. Es gab dabei einen sehr harten Kampf mit hohen Verlusten auf beiden Seiten.

Auf der Seite der Partisanen kämpften auch reguläre slowakische Truppen unter General Golian, die sich den Partisanen angeschlossen hatten und eine Kompanie französischer Soldaten, ehemaliger Kriegsgefangener, die aus den Gefangenenlagern flüchten konnten und sich ebenfalls den Partisanen angeschlossen hatten. Diesen französischen Soldaten, die an den Kämpfen um Drexlerhau teilgenommen haben, wurde in der Zeit der 2. Tschechoslowakischen Republik am südlichen Ausgang unseres Dorfes, auf einem Hügel in der Nähe des Galgenbergs, an der Grenze zum slowakischen Nachbarort Kosorin, ein Panzerdenkmal mit einer Gedenktafel für die Gefallenen, errichtet.

Für uns deutsche Einwohner waren die aufständischen slowakischen Soldaten in ihrer Uniform nichts Unbekanntes, dienten doch unsere Väter und Brüder in der tschechoslowakischen bzw. der slowakischen Armee als Rekruten und trugen deren Uniform. Auch mein Vater hatte als Rekrut in der tschechoslowakischen Armee gedient und war auch 1938, als durch den tschechoslowakischen Präsidenten die Mobilmachung des Landes ausgerufen wurde, eingezogen worden.

Bei der Befreiung unseres Dorfes durch die deutschen Truppen gab

Mein Vater als Rekrut der tschechoslowakischen Armee in Kaschau

Mein Cousin Paul Stang als Rekrut
der slowakischen Armee 1944

es den ersten Toten direkt an unserer Scheune.

Es war an einem Sonntagvormittag, am 24. September 1944. Die
Einwohner unseres Ortes waren durch den *Kischbir*, den Gemeindediener, der trommelnd durchs Dorf ging und die Bekanntmachung ausrief, aufgerufen worden, sich in ihren Häusern auf-
zuhalten, da unser nördlicher Nachbarort Krickerhau schon durch
deutsche Truppen besetzt worden und eventuell Kampfhandlungen
zu erwarten wären.

Diese Bekanntmachung führte dazu, daß viele Frauen mit ihren
Kindern aus Drexlerhau sofort über den nördlichen Gebirgspaß nach
Krickerhau flüchteten. Die arbeitsfähigen Männer, die nicht in die
umliegenden Wälder geflüchtet waren, wurden ja schon Wochen
vorher von den Partisanen verschleppt. Wohin, wurde uns nicht
bekannt gegeben. Zu dieser Zeit waren in unserem Dorf keine
aufständischen Truppen mehr. Diese waren einige Tage vorher in
Richtung Kremnitz weitergezogen. Aus Krickerhau kam im Verlauf des Tages ein Spähtrupp der SS-Truppen in unser Dorf. Vor
meinem Elternhaus stieß dieser Spähtrupp mit einem mit Partisanen
besetzten Auto zusammen, das aus Kosorin kam und ins obere Dorf
wollte. Von den Deutschen wurde dieses Auto gestoppt und einer
der flüchtenden Uniformierten der Aufständischen wurde auf der

Höhe unserer Scheune erschossen. Eine weibliche slowakische Insassin des Autos rettete sich in das Haus unseres Nachbarn, dem alten Mechel-Wette, wo sie von diesem mit Essen und Trinken bewirtet und nach Ende der Schießerei an die Dorfgrenze gebracht wurde, um wieder in ihr Heimatdorf gelangen zu können.

Dieses Ereignis ist in dem Buch *Kennwort: Weiße Frau*, herausgegeben vom ehemaligen tschechoslowakischen Außenminister Bohuš Chnoupek, zwar ausführlich geschildert, aber in einigen Details nicht wahrheitsgemäß dargestellt worden. Meine Mutter war Augenzeuge dieses Ereignisses, da es sich ja direkt vor meinem Elternhaus abspielte und hat mir nach meiner Rückkehr aus Krickerhau darüber alles berichtet. Ich sprach darüber auch mit unserem Nachbarn, Michael Frömmel, dem alten Mechel-Wette, der mir dies ebenfalls so schilderte. Ich war an jenem Sonntag von meiner Mutter zum Stübl der Großeltern geschickt worden, um diese von der Bekanntmachung des Kischbirs in Kenntnis zu setzen. Bei meiner Rückkehr von dort traf ich an der Marienkapelle, am nördlichen Dorfausgang, auf meine Tante Agnes und meinem Bruder Johann, welche mit anderen Drexlerhauern mit nach Krickerhau flüchteten. Ich schloß mich ihnen an und ging mit nach Krickerhau, wo wir bei Einwohnern vorläufige Unterkunft fanden und von diesen auch verpflegt wurden. Das dauerte etwa zwei Tage. In Krickerhau erfuhren wir durch Einwohner von den schweren Kämpfen um Drexlerhau. Nach der Befreiung unseres Dorfes kehrten wir wieder dorthin zurück. Das Auto der Partisanen stand nach den Kämpfen noch einige Tage vor unserem Haus, bis es von einem Drexlerhauer abgefahren wurde. Es war ein Tatra. Auch der tote Partisan lag noch an unserer Scheune, bis er auf Weisung des Kommandeurs der deutschen

---

Fern am Horizont zeichneten sich im bläulichen Dunst grüne Bergrücken ab. Wir näherten uns ihnen und fuhren in eine breite Mulde ein, die bis an ihren Fuß reichte. Und in ihrer mit Feldern bedeckten und von einer Straße und einem sich im Zickzack schlängelnden, von Weiden gesäumten Bach durchschnittenen Mitte breitet sich ein ansehnliches Dorf aus. Ein Märchen. Solche Bilder sieht man in farbigen Kalendern. Das Mädchen zeigte hin. „Janova Lehota."

„Diese Schwaben haben es aber verstanden, sich den richtigen Platz auszusuchen", schnaubte in meinem Rücken Halečka.

Ein Ausschnitt aus dem Buch: „Kennwort Weiße Frau"

Nirgends eine Menschenseele. Ich nahm den Gang heraus, bremste und schaute aus dem Fenster. Am Haus ein Aushang. Ich gucke und gucke, die Augen fallen mir fast raus. „Na so was! Das ist doch nicht möglich!" rief ich. „Das ist ja deutsch!. Mit Hakenkreuz! Was erlauben sich diese Schweinehunde!" Ich sprang raus, hin zum Haus. „Ich werde euch eure Bekanntmachungen zeigen! Im Aufstandsgebiet!" Ich riß den Fetzen runter, und da - krach, in der Wand klaffte ein Loch, der Putz spritzte weg. Ich schaute mich um. Im Garten gegenüber lud ein Kerl durch und legte abermals an. So lang ich war, lag ich auch schon platt auf der Erde. Ich hörte noch Halečka schreien: „Achtung hier sind Deutsche, zurück, schnell zurück!" Und schon robbte ich zum Auto, brauchte nur noch hineinzuspringen, aber da schon wieder - krack, krach, überm Kopf zerplatzte die Frontscheibe, eine Maschinengewehrgarbe durchsiebte die Kühlerhaube, diese Gauner schossen vor meinen Augen das Auto in Klump. Ich hob den Kopf. Vorn über die Straße rannten sprungweise Deutsche, Helme, Stiefel, Maschinenpistolen. Sie warfen sich hin und beharkten meinen Tatra. Ich sprang selber auf beide Beine. Auf dem Rücksitz lag zusammengekrümmt und blutend Halečka. Marcel zerrte die Maschinenpistole unter ihm hervor, und Halečka fiel vom Sitz, die Arme kraftlos, die Augen weit aufgerissen, ein Loch im Kopf.

Ein weiterer Ausschnitt aus dem Buch „Kennwort Weiße Frau" über den ersten Angriff deutscher Soldaten auf die Partisanen direkt vor meinem Elternhaus im September 1944

Kampftruppen mit den anderen gefallenen aufständischen slowakischen und französischen Soldaten von Einwohnern Kosorins in ihr Dorf abgefahren und bestattet wurde.

Da mein Vater von den Partisanen mit verschleppt wurde, mein älterer Bruder Paul sich in der Stadt Käsmark (Hohe Tatra) in der Kaufmannslehre befand, waren nur meine Mutter, meine Tante Agnes, mein jüngerer Bruder Johann, meine Schwester Agnes und ich zu Hause. Für mich als zwölfjährigen Jungen waren diese Ereignisse so etwas wie ein Abenteuer erleben. Soldaten! Schießen! Das war etwas für einen Jungen wie mich! Entweder war ich immer bei den deutschen Soldaten zu finden, oder ich stromerte nach Abflauen der Kämpfe um unser Dorf in der ganzen Gegend herum, teils allein, teils mit meinen Nachbarsfreunden. Wir sammelten herumliegende Waffen, Munition und verschiedene andere Gerätschaften des Soldatenlebens ein. Davon lag in der Umgebung des Dorfes genug herum. Wenn wir beim Kühehüten auf den Wiesen ein

Lagerfeuer hatten, warfen wir scharfe Gewehrmunition ins Feuer und warteten, bis diese hochging. Das knallte immer recht schön und das Feuer stiebte dabei auseinander. Mir machte das großen Spaß. Angst hatte ich dabei nicht, da ich mir ja der Gefahr bei Handhabung solcher Dinge nicht bewußt war. Mein Cousin Viktor Schneider und ich schleppten auch eine große Kartusche sowie etliche Leinwandsäckchen mit Pulver von unterschiedlicher Form von einer verlassenen Geschützstellung südlich unseres Dorfes, etwa 3 bis 4 km von ihm entfernt, an. Wir wollten auch eine Granate mitnehmen. Die war uns aber zu schwer. Von der Kartusche wollten wir die Zündkapsel herausdrehen, was uns aber nicht gelang. Wir nahmen daher einen Vorschlaghammer und einen Dorn und zündeten die Kapsel. Das gab einen Donnerschlag. Die Kartusche flog nach oben gegen die Decke und uns beiden klingelten die Ohren. Eine ganze Zeit lang konnten wir nichts mehr hören. Meine Mutter und Tante Agnes kamen angelaufen und schrien vor Schreck auf, als sie uns sahen. Unsere Gesichter waren schwarz. Ich hatte mit Viktor diese Sache in unserer Kammer im Haus veranstaltet. Aber auch das schreckte mich nicht ab, mit solchen Sachen weiterzumachen. Diese Dinge, vor allem viel Munition, die wir auf den Feldern und Wiesen des Dorfes, in verlassenen Schützenlöchern aufsammelten, wo sie von den fliehenden Partisanen zurückgelassen worden waren, versteckte ich in einer großen Kiste in unserer Kammer. Wenn ich heute an das alles denke, dann läuft mir jetzt noch ein kalter Schauer über den Rücken. Jetzt, wo mir bewußt ist, welcher Gefahr wir uns beim Hantieren mit den Waffen und der aufgesammelten Munition ausgesetzt hatten.

Nach der Befreiung unseres Dorfes begann sein Artilleriebeschuß durch die Aufständischen Truppen. Die Front befand sich um diese Zeit nach Aussagen der deutschen Soldaten etwa bei Honneshau, einem deutschen Dorf vor Kremnitz, unserer Kreisstadt. Meine Mutter, Tante Agnes sowie wir drei Geschwister waren in dieser Zeit fast ausnahmslos in einem Kellergewölbe unseres Nachbarn Josef Frömmel untergebracht, wo wir relativ sicher waren. Dort erlebte ich den Tod unseres alten Nachbarn, dem Mechel-Wette. Er wurde beim Beschuß des Dorfes durch einen Granatsplitter getötet. Später waren wir dann im Keller der Familie Kraus beim Howoritsch. Nur wenige Häuser in Drexlerhau hatten einen Keller. Ich mußte jeden Tag von diesem Keller nach Hause laufen, um das Vieh zu versorgen. Meine Mutter und Tante Agnes trauten sich nicht aus dem Keller heraus und ein anderer war ja nicht da. Manchmal kam mein Bruder Johann dabei mit. Wenn ich auf dem Weg dorthin das Pfeifen einer Granate hörte, warf ich mich immer der Länge nach hin. Deutsche Soldaten, die dies sahen, lachten und sagten mir: Wenn Du das Pfeifen hörst, ist die Gefahr schon vorbei. Dann ist die Granate schon weit weg von Dir. Du mußt auf den dumpfen Abschußknall hören und Dich dann sofort in Deckung begeben. Nach einiger Zeit hörte dann dieser Zustand auch auf, so daß alle wieder im Haus sein konnten. Als der Aufstand vollständig niedergeschlagen war, wurden wir Kinder aufgrund des ständigen Näherkommens der Ostfront nach dem damaligen Sudetengau evakuiert. Die schulpflichtigen Kinder wurden in Transporte zusammengefaßt und von Krickerhau aus mit der Eisenbahn in sogenannte KLV-Lager (Kinder-Land-Verschickungs-Lager) ins Sudetengebiet transportiert.

Ich kam in ein solches Lager in der Brambergbaude bei Gablonz. Ein Teil unserer Lehrer wurde auf die einzelnen Lager aufgeteilt, denn der Unterricht sollte ja weitergehen, was in der Regel dann auch geschah. Aber wir Jungen wurden in HJ-Uniformen gesteckt und hatten dann eine Art vormilitärische Ausbildung. Diese beruhte zum größten Teil in Übungen wie dem Anschleichen an den Feind, in Geländeübungen wie Orientierungsmarsch, militärischer Grundausbildung, Appellen und anderer militärischer Veranstaltungen. Uns Jungs machten diese militärischen Übungen mehr Spaß als das Lernen. Wir waren zu dieser Zeit bereit, bedingungslos alles, was uns von unserem Hitlerjugendführer befohlen wurde, zu erfüllen. Unserem Lager war ein Bannführer der Hitlerjugend aus Gablonz zugeordnet, der unsere militärische Unterweisung leitete. Dieser Führer wurde im Februar 1945 an die Front versetzt und wir bekamen einen neuen Bannführer, einen kampferfahrenen Kriegsversehrten. Diese Ausbildung ging von Mitte November 1944 bis Mitte April 1945. Dann wurde das Lager auf der Brambergbaude aufgelöst und wir kamen in ein anderes Lager nach Neubergen bei Brüx. In diesem Lager wurde fast nichts mehr gemacht. Ende April wurde auch dieses Lager aufgelöst und wir wurden durch Angehörige von uns, die auch inzwischen in das Sudetengebiet evakuiert worden waren, aus diesem Lager abgeholt und zu unseren Familien gebracht. Meine Mutter und Tante Agnes waren nach Libotitz, Kreis Kaaden, evakuiert worden.

Mein Bruder Johann sowie meine Schwester Agnes waren schon bei

Mutter und Tante, als ich dort mit meinem Bruder Paul, der mich in Neubergen abholte, ankam. Die ganze Strecke von Neubergen bis Libotitz mußten wir beide fast ausnahmslos zu Fuß gehen, da die Eisenbahnlinie durch Bombardierung immer wieder unterbrochen und ein Zugverkehr kaum möglich war. In Libotitz erlebte ich dann das Ende des Krieges, den Durchmarsch der sowjetischen Front-truppen und die Besetzung des Ortes durch die sogenannten Svoboda-Soldaten, benannt nach ihrem Kommandeur, General Svoboda, der mit seiner Division aus Freiwilligen an der Seite der sowjeti-schen Truppen kämpfte.

Über uns Deutsche brach nun der ganze Haß der Tschechen herein. Wie im Deutschen Reich alle Juden mit einem gelben Judenstern, so wurden nun auch wir Deutsche mit einer weißen Armbinde, worauf ein schwarzes N (Nemec - Deutscher) war, gekennzeichnet. Jeder von uns, ob Kind oder Erwachsener, mußte diese Armbinde tragen. Deutsche waren in dieser Zeit Freiwild geworden. Wie oft sah ich, daß deutsche Soldaten, aus der Gefangenschaft entlassen, auf dem Heimweg zu ihrer Familie beim Passieren dieses Dorfes von fana-tischen Tschechen auf offener Straße totgeschlagen und dann an einem Feldrain verscharrt wurden. Regelrechte Jagd wurde auf SS-Angehörige gemacht. Was zählte zu dieser Zeit ein Deutscher? Er war weniger als Nichts.

Evakuierte Deutsche, die in dieser Zeit wieder zu ihrem Heimatdorf zurückfahren wollten, waren unterwegs Repressalien ausgesetzt. So geschah es auch, daß bei Prerau im Sudetenland etwa 277 Deutsche von tschechoslowakischen Militärangehörigen am 18. Juni 1945 aus dem Zug geholt und in der Nacht vom 18. zum 19. Juni auf der sogenannten Schwedenschanze bei Prerau erschossen und in einem Massengrab verscharrt wurden. In der Mehrzahl waren diese Personen Frauen und Kinder, das jüngste Kind etwa ein halbes Jahr alt, und einige alte Männer. Unter diesen Personen befanden sich 36 Bewohner meines Heimatdorfes Drexlerhau, unter diesen auch Nachbarn von mir. Die anderen waren Deutsche aus dem Zipser Siedlungsraum.

Die Erschießung dieser Zivilpersonen nach dem Ende des Krieges durch tschechoslowakische Soldaten unter Führung des Leutnants Karol Pazur erregte ein derartiges öffentliches Aufsehen, daß sich sogar die UNO auf einer Sitzung in London damit beschäftigen mußte. Der Leutnant als Verantwortlicher bei der Exekution dieser Zivilpersonen wurde aufgrund dieser Tatsache in Haft genommen.

Gedenkstein für die ermordeten Slowakei-
deutschen

Die Inschrift auf dem Stein in slowakischer und deutscher Sprache
lautet:

*An dieser Stelle wurden nach der Exhumierung im Jahre 1947 die
sterblichen Überreste von Karpatendeutschen aus der Slowakei
beigesetzt. Sie wurden mit Frauen und Kindern in der Nacht vom
18. zum 19. Juni 1945 durch Angehörige des 17. Infanteriere-
gimentes aus Petrzaika auf der Schwedenschanze ermordet.*

*"Wenn wir ein Unrecht sehen und dazu schweigen, dann begehen
wir es selbst."*

J.J. Rousseau

Drexlerhau
Oberzips
Dobschau

DRELERHAUER NACHKRIEGSOPFER IN PRERAU

Nach Kriegsende, am 18./19. Juni 1945 sind nach Aussagen der beiden Überlebenden Paul Gaal und Helene Pogadl, nachstehend aufgeführte Drexlerhauer Zivilpersonen während ihrer beabsichtigten Bahn-Rück-reise vom Sudetenland (in Böhmen) nach Drexlerhau (Janova Lehota), bei Prerau (Prerov) gewaltsam ums Leben gekommen

1.	FURISCH Rosalia geb. Gaal	Lotzne	44 Jahre alt
2.	FURISCH Erwin (Sohn von 1.)	„	16 Jahre alt
3.	FURISCH Otto (Sohn von 1.)	„	8 Jahre alt
4.	FURISCH Adolf (Sohn von 1.)	„	6 Jahre alt
5.	GAAL Agnes	Lotzne	44 Jahre alt
6.	GAAL Anna geb. Weiß	„	20 Jahre alt
7.	GAAL Adolf (Kind von 6.)	„	2 Jahre alt
8.	GAAL (Kind von 6.)	„	7 Monate alt
9.	GAAL Philomenia geb. Binder	„	44 Jahre alt
10.	GAAL Emmi (Tochter von 6.)	„	16 Jahre alt
11.	KUSCH Johann	Hose	45 Jahre alt
12.	KUSCH Maria geb. Groß	„	41 Jahre alt
13.	KUSCH Agnes (Tochter von 11./12.)	„	19 Jahre alt
14.	KUSCH Eduard (Sohn von 11./12.)	„	18 Jahre alt
15.	LANG Anna geb. Schneider	Beismechl	77 Jahre alt
16.	LANG Johann	Wettedjoschko	83 Jahre alt
17.	POGADL Johann	Beismechl	48 Jahre alt
18.	POGADL Karoline geb. Lang	„	53 Jahre alt
19.	POGADL Paul	„	45 Jahre alt
20.	POGADL Anna geb. Schneider	„	44 Jahre alt
21.	POGADL Otto	„	16 Jahre alt
22.	POGADL Siegfried	„	13 Jahre alt
23.	POGADL Ida (Tochter von 17./18.)	„	11 Jahre alt
24.	POGADL Karoline (Tochter von 17./18.)		8 Jahre alt
25.	STANG Franz	Palpinde	46 Jahre alt
26.	STANG Rosalia geb. Schneider	Gopehansl	46 Jahre alt
27.	STANG Julius (Sohn von 25./26.)		16 Jahre alt
28.	STANG Agnes (Tochter von 25./26.)		22 Jahre alt
29.	STANG Franz (Sohn von 25./26.)		24 Jahre alt
30.	STREDAK Agnes geb. Schneider	Hose	55 Jahre alt
31.	STREDAK Stefan	„	55 Jahre alt
32.	STREDAK Peter (Sohn von 30./31.)		18 Jahre alt
33.	STREDAK Ottilie (Tochter von 30./31.)		16 Jahre alt
34.	STREDAK Mathias	Hose	44 Jahre alt
35.	STREDAK Agnes geb. Schnürer	Gopehansl	42 Jahre alt
36.	STREDAK Emil (Sohn von 34./35.)		18 Jahre alt

Er wurde aber 1949 bei der Machtübernahme durch die Kommu-nisten in der Tschechoslowakei wieder freigelassen.

Von dieser Erschießung erfuhren wir in Libotitz. Es schüchterte uns derart ein, daß sich nun keiner mehr traute, nach Drexlerhau zurückzufahren. Wir durften den Ort Libotitz in dieser Zeit aufgrund amtlicher Anweisung auch nicht mehr verlassen. In dieser Zeit gab es für deutsche Kinder keinen Schulunterricht. Das war aber für uns Kinder kein Grund, traurig zu sein. Wir hatten nun Zeit, in der Gegend herumzustromern und hin und wieder auch den Tschechen im Dorf einen Streich zu spielen. Erwischen ließen wir uns aber dabei nicht, denn das hätte Folgen für uns gehabt.

Meinem älteren Bruder Paul gefiel mein Herumstromern nicht. Er legte mir nahe, doch lieber ein Buch zur Hand zu nehmen und zu lesen. Er gab mir ein Buch. Ich kann mich noch sehr gut an den Titel dieses Buches erinnern. Er lautete: *Die große Liebe der jungen Sibylle.* Es handelte sich um die Liebe eines Burgfräuleins zu einem Ritter im Mittelalter, als halb Europa von Türkenhorden überflutet war. Mich hat beim Lesen der Inhalt dieses Buches derart gefesselt, daß ich von nun an Bücher, die ich in die Hand bekam, regelrecht verschlungen habe. Wo ich stand, ging oder saß las ich. Auch beim Essen. Das paßte meinem Vater nicht, da ich kaum noch ansprechbar war. Er verbot mir weiteres Lesen und nahm mir auch die Bücher weg. Ich hielt mich aber nicht an sein Verbot und las heimlich weiter. Vor allem hatten es mir die Bücher von Karl May angetan als auch Abenteuererzählungen aus den Kriegsjahren wie die Reihenerzählungen Jan Mayen, Jörn Farrow, Rolf Torring und andere. Durch den Inhalt dieser Bücher wurde ich mit einer Welt vertraut gemacht, die ich bisher nicht kannte. Heute kann ich sagen, daß mich das Lesen von Büchern auch sprachlich etwas geformt hat, was mir bei meinem späteren Schulbesuch in Barby und auch bei meiner Erwachsenenqualifizierung viel geholfen hat. Schwerer war diese Zeit für meine Eltern. Wir alle waren im Prinzip in dieser Zeit rechtlos. Unser Leben war gekennzeichnet vom Kampf um das tägliche Brot, vom Kampf ums Überleben. Das ging so die nächsten Monate nach Kriegsende bis Sommer 1946. Daß wir von Libotitz aus nach Kriegsende nicht gleich nach unserem Heimatort Drexlerhau zurückfahren durften, ersparte uns das ganze Elend des Lagers Novaky. Dieses Lager war ein Internierungslager für die Deutschen aus der Slowakei. Hier wurden die heimkehrenden und auch zu Hause gebliebenen Deutschen interniert, in Transporte zusammengefaßt und nach Deutschland ausgesiedelt. Ihr gesamter Besitz wurde durch den Staat als Kontribution eingezogen und an tschechoslowakische Bürger übereignet. Zwischendurch mußten sie für die Slowaken in den Dörfern ohne Bezahlung hart arbeiten. Viele Deutsche, vor allem Kleinkinder, sind in dieser Zeit in diesem Lager aufgrund der menschenunwürdigen Bedingungen, denen diese Menschen ausgesetzt waren, gestorben. Unter den Opfern sollen auch Drexlerhauer gewesen sein.

Unsere Umsiedlung - der Beginn eines neuen Lebens

Eines Tages, im Sommer 1946 - wir wohnten noch in Libotitz, wurde uns durch die tschechischen Behörden gesagt, wir sollten uns sofort reisefertig machen. Pro Person dürfe nur 50 kg Reisegepäck mitgenommen werden. Wir sollten uns damit zu einer bestimmten Zeit an einer bestimmten Stelle im Ort einfinden. Die Aufregung war groß. Viel hatten ja meine Mutter und Tante Agnes bei ihrer Evakuierung nicht von zu Hause mitnehmen können. Das war im Wesentlichen Bettzeug, etwas zum Anziehen und Kochgeräte sowie Wertgegenstände. Wir wurden in ein Sammellager nach Kaaden gebracht, wo wir einige Tage verbrachten, bis der Güterzug da war, mit dem wir nach Deutschland gebracht werden sollten. In der Zwischenzeit plünderten uns die Tschechen aus. Sie nahmen uns alles weg, was sie gebrauchen konnten und was für sie einen Wert hatte. Zuletzt standen wir wie die Bettler da, und so kamen wir dann auch in Deutschland an. Unterwegs gab es nichts zu essen. Erst auf deutschem Gebiet, in Bad Brambach, erhielten wir etwas warmes Essen durch das Rote Kreuz, vor allem zuerst die Kinder.
Noch im Frühjahr 1946 hatte meine Mutter in Libotitz Nachricht bekommen, daß unser Vater von tschechischen Polizisten widerrechtlich gefangengehalten wird. Mein Vater wurde noch in Drexlerhau in den Heimatschutz eingereiht. Da er aber krank wurde, brachte man ihn in ein Lazarett in Znaim, wo er in amerikanische Gefangenschaft und ins berüchtigte Gefangenencamp der amerikanischen Armee bei Bad Kreuznach kam. Nach kurzer Zeit wurde er dort entlassen. Er hatte mit Unterstützung deutscher Behörden von der amerikanischen Besatzungsarmee ordentliche Entlassungspapiere erhalten, wurde aber trotzdem auf tschechischem Gebiet von fanatischen tschechischen Polizeiangehörigen in der kleinen Stadt Dupau in der Nähe von Libotitz festgehalten. Wir bekamen davon auf Umwegen Nachricht und meine Mutter sorgte dafür, daß man

unseren Vater freilassen mußte. Über diese Zeit schwieg sich mein Vater aus. Er sagte nur einmal, daß er in dieser Zeit sehr viele von dieser Polizei erschlagene Deutsche nachts in einer Kiesgrube mit anderen Gefangenen verscharren mußte. Da er die slowakische Sprache beherrschte, wurde er als Dolmetscher bei Verhören gefangener Deutscher benutzt. Er selbst war auch Mißhandlungen durch diese Polizei ausgesetzt. Er hätte damals schon mit seinem Leben abgeschlossen.

Wir wurden in die damalige sowjetische Besatzungszone Deutschlands umgesiedelt. Nach einem mehrwöchigen Aufenthalt im Lager Wertlau bei Roßlau, in dem unser täglich Brot fast ausschließlich nur in Malzkaffee und Brot bestand, kamen wir nach Barby an der Elbe, einer kleinen Stadt mit damals etwa 4500 Einwohnern. Mit dem Wenigen, was uns die Tschechen gelassen hatten, kamen wir wie die Bettler in dieser Stadt an. Wir wurden im Tanzsaal der damaligen Tanzgaststätte Hotel Conrad untergebracht bis uns eine Wohnung zugewiesen wurde und unser Vater Arbeit bekam. Hunger und Not waren in dieser Zeit unsere täglichen Begleiter. Es gab hier Menschen, die uns in unserer Not halfen, wo sie nur konnten, aber auch relativ viele, die uns mieden, uns als Ausländer, Slowaken oder auch als Zigeuner betrachteten. Aber auch das gab sich. Durch unsere Arbeit und unseren Fleiß schufen wir uns Ansehen bei den Barbyern.

Barby an der Elbe - Marktplatz. Ansicht aus dem Jahr 1950

In dieser Stadt besuchte ich, da ich ja inzwischen das grundschulpflichtige Alter überschritten hatte, als Abschluß nur noch die 7. Klasse der Einheitsschule zu Barby. In dieser Schule waren fast alle Lehrer, mit Ausnahme einiger weniger Lehrer, die zum Teil Kriegsversehrte waren und zum alten Stamm gehörten, sogenannte Neulehrer. Das waren Lehrer, welche aus verschiedenen Schichten der Bevölkerung kamen und nach einer kurzen Zeit der Umschulung bereit waren, als Lehrer den Kindern neues Denken beizubringen. Diese Lehrer begannen aus unseren Köpfen den nazistischen Ungeist zu entfernen. Nach ihren Worten sollte eine neue Ordnung aufgebaut werden, eine Gesellschaft, in der es keinen Krieg und keine Ausbeutung des Menschen durch den Menschen mehr geben sollte. Es war die Rede vom Aufbau einer antifaschistischen, demokratischen Ordnung. Da wir Kinder mit Leidtragende des Krieges waren, fielen natürlich diese Worte auf fruchtbaren Boden, auch wenn uns vieles von dem, was sie uns sagten, noch recht verschwommen vorkam. Viele von uns machten mit, schlossen sich im neuen Jugendverband, der Freien Deutschen Jugend (FDJ) zusammen. Auch ich wurde später, 1950, Mitglied in der FDJ. In dieser Zeit agitierten die Mitglieder der FDJ bei den Einwohnern für die neue Zeit. Hin und wieder nahm ich an solchen Veranstaltungen teil. Am meisten machten mir dabei die gemeinsamen Stunden am Lagerfeuer Spaß, wo über die Probleme der Zeit diskutiert wurde. Wir aßen dabei mit Wohlgeschmack Kartoffeln, die wir in der heissen Asche gar werden ließen. Sangen Lieder und waren fröhlich. Wir Jugendlichen wollten mit dazu beitragen diese neue Zeit zu gestalten. Bei vielen Alteingesessenen und auch bei den erwachsenen Umsiedlern gab es anfangs zu dieser neuen Politik viel Skepsis und eine Art Abwartehaltung. Mit der Zeit legte sich das bei den meisten Menschen. Bei uns zu Hause war das Geld knapp, denn nur mein Vater hatte Arbeit. Mein Bruder Paul war in der Maurerlehre. Der Verdienst war zu der Zeit sehr gering. Hinzu kam dann noch der Umtausch des Geldes im Kurs von 10:1. Diese Umtauschaktion 1948 war eine Folge der in den Westzonen Deutschlands erfolgten Währungsreform. Mit dieser Währungsreform wurde durch die westliche Seite die wirtschaftliche Teilung zwischen den Westzonen und der Ostzone Deutschlands einseitig vollzogen, der ein Jahr darauf dann auch die territoriale Abtrennung der Westzonen durch die Gründung der Bundesrepublik Deutschland und damit die staatliche Teilung Deutschlands folgte. In der Ostzone wurde dann im Oktober als Gegenzug die Deutsche Demokratische Republik gegründet.

Der Schwarzmarkt blühte. Auf diesem waren die Preise für Lebensmittel und andere Artikel für uns aber unerschwinglich hoch. Grundnahrungsmittel gab es zwar auf den sogenannten Lebensmittelkarten, die Höhe der Zuteilungen aber hing davon ab, ob man arbeitete oder nicht. Das, was man auf diesen Karten zu kaufen bekam, reichte nicht aus, den Hunger zu stillen. Wenn daher die Bauern die Felder abgeerntet hatten, gingen wir Ährensammeln oder Kartoffelstoppeln, um dadurch etwas mehr an Nahrungsmitteln zu haben. Da mußten wir alle mit zupacken. Täglich waren wir auf den Feldern in der ganzen Umgebung der Stadt und den umliegenden Dörfern, sogar bis auf die Felder über der Elbe, bis Walternienburg, unterwegs. Kolonnen von Menschen zogen so durch die Gegend, um freiwerdende Felder und Äcker zu finden und die Reste von Kartoffeln oder herumliegenden Ähren einzusammeln. Wertgegenstände besaßen wir nicht, um diese bei den Bauern gegen Lebensmittel eintauschen zu können. So blieben uns nur dafür die per Lebensmittelkarten monatlich zugeteilte Flasche Branntwein und die Tabakzuteilung unseres Vaters. Dafür war der Bauer bereit, ein paar Kilogramm Kartoffeln zu geben. Mein Vater sagte zu mir, ich soll die Schule abschließen und einen Beruf erlernen, damit Geld ins Haus kommt. Meine beiden jüngeren Geschwister waren noch Schüler. Johann sollte weiter zur Schule gehen und danach mit einem Studium beginnen, so Vater. Und Vaters Wort war für uns Gesetz. Dem mußte sich alles fügen. Das hatte seine Ursache in unserer patriarchalischen Lebensordnung, die grundsätzlich den ältesten Mann in der Familie zum Oberhaupt bestimmte und sich seinem Wort alles unterordnen mußte. Wir durften als Kinder auch zum Beispiel unsere Tanten und Onkel nur mit Ihr anreden, niemals mit Du. Das traf für mich und meine Geschwister auch gegenüber unseren Großeltern zu. Für diese Personen wäre eine Welt zusammengebrochen, hätten wir es gewagt, sie mit Du anzusprechen. Sie hätten sich das auch ganz energisch verbeten. Nur unsere Eltern sprachen wir schon mit Du an. Selbst meine Eltern sprachen noch ihre Eltern mit Ihr an. Erst viele Jahre später, als ich selbst schon erwachsene Kinder hatte, sagte einmal meine Tante Teresia Binder zu mir, ich soll von der alten Anredeform abgehen und sie mit Du ansprechen.

Ich beendete also in Barby die Einheitsschule und bewarb mich um eine Lehrstelle. Lehrstellen waren sehr rar und meistens nur für die einheimischen Jugendlichen bestimmt. Daher war ich froh, daß ich nach einem Jahr Arbeitslosigkeit, 1948, eine Lehrstelle als Müllerlehrling in der Mühle Franz Fritze angeboten bekam. Ich nahm diese Lehrstelle an, obwohl es mein Wunsch war, Tischler zu werden. Mein Lehrmeister war ein liberaler Mann im Denken und Handeln. Er, als auch seine Frau, behandelten mich von Anfang an sehr gut. Da ich anstellig war, handwerklich auch alles zu seiner Zufriedenheit ausführte, schloß er mich in sein Herz. Schon frühzeitig übertrug er mir Aufgaben, die er sonst nur Gesellen anvertraute. Nach einem halben Jahr Lehre war ich schon in der Lage, Nachtschichten allein zu fahren. Er vertraute mir. Eines Tages schickte er mich zu einem anderen Müller in einem Dorf bei Riesa mit dem Auftrag, diesem Müller bei der Arbeit in der Mühle zu helfen. Nach einigen Wochen erfuhr ich dann auch den Grund, weshalb ich in dieser Mühle helfen sollte. Mein Meister als Innungsmeister des Landes Sachsen Anhalt und der Müllermeister bei Riesa hatten eine Absprache dahingehend getroffen, wenn sich ein brauchbarer Lehrling findet, dann soll dieser für einige Wochen in die Mühle bei Riesa zur Arbeit geschickt werden. Der Müller hatte keine männlichen Nachkommen, nur eine Tochter. Dieser Lehrling sollte dann eventuell als zukünftiger Müller für diese Mühle angeworben werden und dann dort einheiraten. Dieses Vorhaben der beiden Müllermeister scheiterte aber an mir, da ich andere Pläne hatte. Ich wollte nicht Müller bleiben, sondern Müllereimaschinenbau studieren und Mühlenbauer werden. Mein Wunsch dazu resultierte daraus, daß während meiner Lehrzeit die Anlagen in der Mühle meines Lehrmeisters erneuert wurden. Ich ging bei dieser Arbeit dem Mühlenbauer zur Hand und fand Gefallen an dieser Tätigkeit. Diese Tätigkeit kam außerdem der eines Tischlers sehr nahe.

In der Berufsschule war ich bei den Lehrern durch meine durchweg sehr guten Leistungen aufgefallen, so daß ich auf Empfehlung dieser Lehrer zu einem Kursus der Volkshochschule delegiert wurde, um mich für das Studium an der Arbeiter- und Bauernfakultät (ABF) in Halle an der Saale vorzubereiten. Nach Abschluß des Kurses an der Volkshochschule wurde ich mit noch anderen Jugendlichen aus Barby zur Aufnahmeprüfung an die ABF nach Halle gesandt. Wir alle bestanden die Aufnahmeprüfung. Die vier Mädchen aus Barby (eine von ihnen, Roswitha Schultze, wurde später meine Schwägerin) wurden aufgenommen. Uns drei Jungs, das war mein Cousin Simon Binder, ein gewisser Engelke und ich, wurde mitgeteilt, daß wir erst für drei Jahre unseren Ehrendienst in der Deutschen Volkspolizei machen und dann mit dem Studium an der ABF beginnen sollten. Der Platz an der ABF würde uns freigehalten werden. Nach dem Krieg stand in der damaligen Ostzone die Losung auf der Tagesordnung:

„Von deutschem Boden darf nie wieder ein Krieg ausgehen."
„Ein deutscher Junge darf nie wieder eine Waffe in die Hand nehmen."
„Eine deutsche Mutter soll nie wieder einen Sohn beweinen."

Entsprechend wurde unter der Bevölkerung agitiert. Aber das hielt sich nicht sehr lange. Der Krieg war zwar zu Ende, aber zwischen den Siegermächten, den Westalliierten einerseits und der Sowjetunion andererseits war der Kalte Krieg ausgebrochen. Die Fronten beider Seiten verhärteten sich zunehmend. So, wie die Westzonen im Einflußbereich der Westmächte standen, so stand die Ostzone unter dem Einfluß der Sowjetunion. In den Westzonen wurde die kapitalistische Gesellschaftsform restauriert. Linke Bestrebungen wurden unterdrückt bzw. verboten. In der Ostzone war das Gegenteil in der Politik gang und gäbe. Beide Seiten brauchten für ihre Machtpolitik das deutsche Potential. So ging man im Ostteil Deutschlands von der ursprünglichen Losung ab und man propagierte jetzt:

„Die antifaschistische demokratische Ordnung, die wir aufbauen, muß mit Waffen geschützt werden."

Man schuf eine neue Polizei, die Deutsche Volkspolizei (DVP). Der Chef der Deutschen Volkspolizei war damals Generalinspekteur Karl Maron. Gleichzeitig begann man mit der Aufstellung kaserniert untergebrachter Volkspolizeieinheiten, der „Hauptverwaltung Ausbildung" (HVA). Die Hauptverwaltung Ausbildung stand unter dem Kommando von Chefinspekteur Heinz Hoffmann, dem späteren langjährigen Minister für Nationale Verteidigung der DDR. Die höheren Kommandeure und Politstellvertreter der Einheiten der Hauptverwaltung Ausbildung und späteren Kasernierten Volkspolizei waren fast ausnahmslos Antifaschisten, Spanienkämpfer oder der Partei besonders treu ergebene Personen. Auch ehemalige Wehrmachtsangehörige, sowohl Offiziere als auch viele Unteroffiziere, halfen als Offizier oder Unteroffizier in verantwortlichen Positionen bei der Aufstellung und Ausbildung der ersten Einheiten der Hauptverwaltung Ausbildung. Die Bewaffnung stellte die Sowjetarmee aus eigenen Beständen oder aus Beständen von Beutewaffen von der ehemaligen Wehrmacht. Die ersten Vorschriften für die HVA waren überarbeitete und deutschen Verhältnissen angepaßte Vorschriften der Sowjetarmee. In den Stäben und Dienststellen der Hauptverwaltung Ausbildung und späteren Kasernierten Volkspolizei gab es sowjetische Militärberater. Das waren höhere Offiziere der Roten Armee. Nach der Bildung der Nationalen Volksarmee wurde die Beratertätigkeit durch diese Offiziere in den Dienststellen und unteren Stäben eingestellt.

In dieser Zeit wurde verstärkt für den Dienst in der Deutschen Volkspolizei wie auch in der Hauptverwaltung Ausbildung geworben. Auch ich wurde von der Barbyer Polizeibehörde angesprochen, mich für drei Jahre zum Dienst in der Volkspolizei zu verpflichten. Man sagte mir, es sei meine vorrangigste Pflicht als Arbeiterjunge in den Reihen der Volkspolizei den friedlichen und demokratischen Aufbau dieses Landes zu schützen. So kam es, daß ich in die Reihen der Volkspolizei eintrat. Auch mein Cousin Simon Binder, den man gleichfalls angesprochen hatte, trat der Volkspolizei bei.

Meine Zeit als Angehöriger der VP und KVP

Wir beide wurden am 26. November 1951 in Halle/Saale, im Wachbataillon Gut Gimritz, der Landesbehörde Deutsche Volkspolizei - LBDVP - des Landes Sachsen Anhalt als Volkspolizeianwärter eingestellt. Das Gut Gimritz lag an der Halle-Saale-Schleife und war zur Hälfte vom Wachbataillon und zur anderen Hälfte vom Landesrundfunksender belegt.

Bei der Begrüßung durch den Leiter der Dienststelle, Kommissar Kolbe, sagte dieser sinngemäß zu uns: Also, die Anrede bei uns ist Kamerad Kommissar, Kamerad Wachtmeister, Kamerad Anwärter. Die Anrede Herr ist abgeschafft, denn wo es Herren gibt, gibt es auch Knechte.

Nun, wir waren damit einverstanden. Aber einige Wochen später hieß es dann: Die Anrede Kamerad gilt nicht mehr. Es heißt jetzt wieder Herr Kommissar, Herr Wachtmeister und so weiter. Oha, sagten wir uns, es gibt also wieder Herren. Wenn wir mit Herr Anwärter angesprochen werden, wer sind dann die Knechte? Aber auch diese Anrede hielt sich nicht sehr lange. Dann wurde die endgültige Anrede eingeführt. Wir mußten nun einander mit Genosse und Dienstgrad ansprechen. Diese Anrede galt dann auch in der aus der Kasernierten Volkspolizei gebildeten Nationalen Volksarmee bis März 1990, kurz vor ihrer Auflösung.

Als Volkspolizeianwärter beim ersten Ausgang in Halle/Saale im Dez. 1951. Dritter von links bin ich, rechts mein Cousin Simon Binder

Unsere Ausbildung in dieser Dienststelle umfaßte das Exerzieren, Dienst- und Waffenkunde. Die Exerzierausbildung fand fast ausschließlich auf der Halle-Saale-Schleife statt. Die Halle-Saale-Schleife führte unmittelbar am Gut Gimritz vorbei. Sie war in früheren Jahren eine Rennstrecke, wurde als solche aber jetzt nicht mehr genutzt. Neben unserer täglichen Ausbildung mußten wir auch Wachdienste gehen. So bewachte ich auch ein medizinisches Außenlager in Halle-Döhlau, wo Medikamente des Landes gelagert wurden.

In dieser Zeit gab es noch verschiedene Banden, die auf alles Mögliche bei ihren Raubzügen aus waren, auch auf Medikamente. Verschiedentlich wurde durch solche Banden versucht, auch dieses Lager zu überfallen und Medikamente zu rauben. Dabei wurden damals auch Schußwaffen eingesetzt. Wenn ich in diesem Lager Wache hatte - das war immer eine 24-Stunden-Wache - stand mir ein Wachhund zur Seite, der bei Annäherung fremder Personen Laut gab. Ich brauchte bloß sagen: „Rex, eine Runde," dann lief er einmal um das Gebäude. Gab er dabei keinen Laut, war alles in Ordnung. Meine Bewaffnung bestand nur in einer Pistole 08 der ehemaligen Wehrmacht mit 16 Patronen (zwei Magazinen). Im Wachraum des Lagers war eine Alarmanlage, die im Notfall das Wachbataillon alarmierte, so daß Verstärkung heranrücken konnte, was aber eine gewisse Zeit dauerte, da dieses Lager sehr weit vom Wachbataillon entfernt war. Auf Grund dieser Tatsache hatte ich natürlich oft nachts, wenn ich dort Wache hatte, auch ganz schön Angst vor einem Überfall. Ich war jung, erst 19 Jahre alt. Viel hätte ich mit der Pistole nicht machen können und so sicher in der Handhabung der Waffe nach dieser kurzen Zeit der Ausbildung war weder ich, noch meine gleichaltrigen Kameraden.

Im Dezember 1951 wurden VP-Anwärter zur Ausbildung zum Funker gesucht. Ein alter Polizeihauptwachtmeister in Barby sagte uns bei unserer Verabschiedung zur Volkspolizei sinngemäß folgendes: „Wenn Ihr die Möglichkeit habt etwas zu lernen, dann greift zu und lernt." Mein Cousin und ich meldeten uns daher als Anwärter zur Funkausbildung. Nach bestandener Aufnahmeprüfung wurden wir am 3. Januar 1952 nach Neuhaus bei Dierhagen an der Ostsee zum Funkerlehrgang abkommandiert.

Das erste Mal in meinem Leben kam ich an die See. Stundenlang saß ich in meiner freien Zeit in den Dünen, hörte dem Rauschen der Wellen zu. Die Weite der See und die anrollenden und an der Küste sich brechenden und wieder zurückrollenden Wellen waren für mich beeindruckend. Trotz Kälte saß ich oft so am Strand, schaute auf die See und lauschte den Wellen. In diesem Strandbereich Dierhagen bei Neuhaus wurden nach Stürmen Bernsteine gefunden. So habe ich natürlich auch nach solchen gesucht und auch welche gefunden. Aber auch das wurde dann für mich zum Alltag. Seinen Reiz verlor es aber bei mir nicht.

Der Funkerlehrgang ging vom 3. Januar bis zum 28. April 1952. Lehrgangsleiter war ein Polizeioffizier aus Weimar, ein Oberkommissar Fritzlar. Die Ausbilder waren Hauptwachtmeister. Zu ihnen allen entwickelte sich im Laufe der Ausbildung ein gutes kameradschaftliches Verhältnis.

Während des Lehrgangs kam bei uns Kursanten das Tätowieren auf. Ein Kursant, Georg Müller aus Thüringen, konnte tätowieren. Er zeigte es uns und nun ging es los. Kaum einer, der nicht durch ihn tätowiert wurde oder sich teilweise selbst tätowierte. Auch ich machte dabei mit. Die tätowierten Stellen entzündeten sich. Da wir

Unser Funkerlehrgang in Neuhaus an der Ostsee. Zweite Reihe, Zweiter von rechts bin ich, links daneben mein Cousin Simon Binder

uns auf den Armen tätowierten, tat jede Bewegung mit ihnen weh. Wir konnten daher nur sehr mühsam im Fach Hören mitschreiben und im Fach Geben sehr langsam die Morsezeichen tasten. Unsere Ausbilder rätselten über diese Situation, kamen uns aber nicht auf die Schliche. Ich schloß den Lehrgang mit gutem Erfolg ab und wurde in die Hauptfunkstelle nach Berlin, in die damalige Hauptverwaltung der Deutschen Volkspolizei, als Funker versetzt. Die Hauptverwaltung befand sich zu der Zeit in der Glinkastraße. Mit mir wurde auch mein Cousin Simon Binder, der ebenfalls mit gutem Erfolg den Lehrgang bestand, dorthin versetzt. Wir kamen zur Hauptabteilung Technische Dienste (TD). Diese umfaßte drei Abteilungen: Bewaffnung, Kraftfahrzeugtechnik und Nachrichten. Unsere Funkstelle gehörte zur Abteilung Nachrichten, der TD 3. Die Abteilung Nachrichten wurde von einem VP-Oberrat Sommer geleitet. Der Hauptabteilungsleiter war damals Inspekteur Mattich. Mein Dienst sollte nach einem kurzen Urlaub im Mai 1952 dort beginnen. Den Urlaub verbrachte ich in Barby bei meinen Eltern. In diesem Urlaub traf ich Ingeburg Schultze, meine zukünftige Frau. Inge, wie ich sie nannte, lief mir über den Weg. Ein ehemaliger Schulkamerad, mit dem ich auf der Straße stand, sagte als Inge an uns vorbeiging: Simon, daß wäre ein Mädchen für Dich. Ich erwiderte ihm: Das weiß ich schon lange. Als Inge dann kurze Zeit später zurück kam, sprach ich sie an und begleitete sie bis zu ihrer Haustür. Seit diesem Tag galten wir in Barby als ein Paar. Als ich noch Müllerlehrling war und das Mehl zu den einzelnen Bäckereien ausfahren mußte, traf ich Ingeburg Schultze in der Bäckerei Brabant, wo sie im Laden arbeitete, an. Schon damals sagte ich zu ihr: „Mädchen, Dich heirate ich mal," worauf sie mir sagte: „Auf Dich habe ich gerade noch gewartet, Du fehlst mir noch zu meinem Glück." Aber immer, wenn ich wieder einmal Mehl ausfahren mußte, war sie neugierig und schaute aus dem Laden heraus nach mir. Es muß also schon damals zwischen uns gefunkt haben, ohne daß uns das bewußt war. Ich erzählte Inge von meinem Aufenthalt an der Ostsee, wie schön es dort war und schenkte ihr alle meine am Strand der Ostsee, bei Dierhagen, gesammelten Bernsteine.

Dann kam der Tag, wo wir Abschied nahmen. Ich mußte ja nach Berlin, um meinen Dienst in der Hauptverwaltung - dem späteren Innenministerium der DDR - anzutreten. Die Zeit dort in Berlin war schön und erlebnisreich für mich. In meiner Freizeit erkundete ich Berlin. Ich sah die Trümmer. Von diesen gab es in Berlin mehr als genug. Berlin war im Aufbau. Neue Häuser und Straßenzüge entstanden. Auch ich beteiligte mich oft in meiner Freizeit an mehreren Aufbaueinsätzen und spendete auch Geld für den Wiederaufbau Berlins.

Zu den Weltfestspielen 1950 war ich mit Simon Binder das erste Mal in Berlin. Damals wohnten wir in Lichtenberg, jetzt in Berlin Mitte. Ich wohnte erst mit einigen anderen Kameraden in einer Gemeinschaftswohnung eines Gebäudekomplexes hinter dem Babylon Theater, am Luxemburgplatz. Später dann in Berlin Wilhelmsruh, in der Goethestraße 5. Mein Dienst als Funker in der Hauptfunkstelle war in der Anfangszeit hart. Es war ein Unterschied, ob ich im Hörsaal den Summerton der Morsezeichen hörte, um sie niederzuschreiben, oder mit dem Funkempfänger diese empfing, mit allen atmosphärischen Geräuschen und Störungen und sie niederschreiben mußte. Und das nach Möglichkeit fehlerfrei, damit nicht zu viele Rückfragen gestellt werden mußten. Außerdem war es Ehrensache, möglichst ohne Rückfragen den Funkspruch vollständig mitzukriegen. Wir hatten dort den Funkverkehr zwischen den einzelnen Behörden der Landesverwaltungen der Deutschen Volkspolizei aufrecht zu erhalten.

Unsere Hauptfunkstelle hatte das Rufzeichen dja. Die Nebenfunkstellen befanden sich in den Landeshauptstädten der damaligen fünf Länder der DDR. Das waren Schwerin in Mecklenburg Vorpommern - *dja1*, Potsdam in Brandenburg - *dja2*, Halle/Saale in Sachsen Anhalt - *dja3*, Dresden in Sachsen - *dja4* und Weimar in Thüringen - *dja5*.

Ende September 1952 wurden dann anstelle der Länderverwaltungen die Bezirksverwaltungen eingeführt. Nun hatten wir auf zwei Funknetzen mit 14 Unterfunkstellen zu gleicher Zeit den Funkverkehr zu führen.

Während meiner Dienstzeit in dieser Funkstelle wurde ich einmal zum Abteilungsleiter, VP-Oberrat Sommer, befohlen, der mich fragte, ob ich eventuell bereit wäre als Funker zum Außenministerium versetzt zu werden um in einer der Botschaften der DDR als Funker tätig zu sein. Ich willigte ein. Die Überprüfung meiner Familie durch den SSD (Staatssicherheitsdienst) ist aber wahrscheinlich nicht im positiven Sinn für mich ausgefallen. Man nahm daher von einer Versetzung meiner Person zum Aussenministerium Abstand. Mein Vater erzählte mir bei einem Urlaub, daß zwei Herren aus Berlin bei uns zu Hause vorgesprochen hatten und sich mit meinen Familienangehörigen über alles Mögliche unterhielten.

Die Ansicht meines Vaters zu totalitären Regimes kannte ich und er hat auch sicherlich kein Hehl daraus gegenüber diesen Herren von der Staatssicherheit gemacht. Er war Gegner linker und rechter Gruppierungen. Aufgrund dessen war ich wahrscheinlich nicht mehr würdig, um als Botschaftsfunker eingesetzt zu werden. Für einen meiner Kameraden der Funkstelle fiel diese Überprüfung zufriedenstellend aus, denn er wurde zum Aussenministerium als Funker versetzt. Er sandte mir später eine Ansichtskarte aus Prag. 1952 wurde verstärkt am Aufbau von zukünftigen Streitkräften der DDR gearbeitet. Im sogenannten FDJ-Aufgebot wurden Freiwillige für den Dienst in der Kasernierten Volkspolizei (KVP) geworben. Für diese Freiwilligen brauchte man Ausbilder. In Vorbereitung der Masseneinstellungen von Freiwilligen wurde eine arbeitsfähige Kadertruppe geschaffen, um die Freiwilligen dann ausbilden zu können. In diese Phase kam meine von mir nicht gewollte Abversetzung zur KVP Niederlehme.

Am 4. Oktober 1952 wurden wir angewiesen, am 5. Oktober um 13.00 Uhr im großen Festsaal der Hauptverwaltung an einer feierlichen Verabschiedung der Genossen teilzunehmen, die sich freiwillig zum Dienst in der Hauptverwaltung Ausbildung, der HVA, bzw. zum Dienst in der KVP verpflichtet hatten.

Die Hauptverwaltung Ausbildung war der Vorläufer der Kasernierten Volkspolizei, der KVP. Die Angehörigen der HVA trugen zu dieser Zeit blaue Uniformen wie die übrige Volkspolizei und khakifarbene Hemden und Schlipse. Die Volkspolizei trug zu den blauen Uniformen blaue Hemden und weinrote Schlipse. Dies waren in der Bekleidung die einzigen Unterschiede. Bis zu diesem Zeitpunkt waren in beiden Einrichtungen die gleichen Dienstgrade üblich, Polizeidienstgrade.

Wir fanden uns also zum genannten Zeitpunkt im Festsaal ein. Ein höherer Offizier hielt eine Ansprache, in der er auf die notwendige Verteidigung der DDR und ihres friedlichen Aufbaus einging. Dann trat einer vor und verlas die Namen der Polizeiangehörigen, die mit sofortiger Wirkung zur KVP-Niederlehme versetzt werden. Mein Cousin und ich staunten nicht schlecht, als auch unsere Namen genannt wurden. Wir hatten uns nicht als Freiwillige zum Dienst in dieser Truppe gemeldet. Wir wurden also zwangsweise dorthin versetzt. Ich bezeichnete diese Zwangsversetzung als Pressen, Shanghaien, wie so etwas auch bei den Seeleuten der christlichen Seefahrt in früheren Zeiten genannt wurde. Nach der Veranstaltung wurden wir, so wie wir waren, per Auto nach Niederlehme in die dortige Kaserne gebracht und in einen Gemeinschaftsraum eingewiesen.

Als Unteroffizier der KVP in Niederlehme bei
Königswusterhausen

Wir waren nun kaserniert untergebracht, was uns absolut nicht gefiel. In Berlin, bei der Hauptverwaltung, war ich privat untergebracht und konnte über meine freie Zeit voll verfügen und zu jeder Zeit Berlin verlassen und nach Hause fahren. In dieser Kaserne nun nicht mehr. Wir sollten in Niederlehme unsere Versetzung durch unsere Unterschrift bestätigen, was wir aber ablehnten. Aufgrund dessen durften wir dieses Objekt vorläufig nicht verlassen. Man hielt uns damit solange hin, bis wir mürbe waren und die Unterschrift leisteten. Erst jetzt durften wir nach Berlin, um dort unsere persönlichen Angelegenheiten zu regeln. Von nun an mußte ich jeden Ausgang nach Berlin oder Niederlehme und jeden Urlaub nach Barby beantragen. Erst wenn er mir gewährt wurde, durfte ich die Wache passieren.

Anfang Oktober war die HVA in KVP umbenannt worden. Wir erhielten zuerst noch die blauen Uniformen mit khakifarbenem Hemd und Schlips. In den folgenden Wochen kamen dann die neuen Uniformen. In ihrem Schnitt und der Farbe ähnelten sie der Uniform der Roten Armee, was dazu führte, daß uns beim ersten Ausgang nach Berlin die Menschen dort als Russen ansahen und sich wunderten, daß wir alle so gut deutsch konnten. Natürlich klärten wir sie dann über unsere Uniformen auf. Mit der Umbenennung in KVP wurden auch die militärischen Dienstgrade in dieser Truppe eingeführt. Ich glaube, das geschah dann auch in der Deutschen Volkspolizei.

In der Nähe der Dienststelle gab es die Ausflugsgaststätte Ziegenhals. Hier haben wir oft nach Dienstschluß, bei unserem Ausgang, ein Bier getrunken, uns dabei auch mit dem Wirt unterhalten. Dieser sagte uns, daß in seiner Gaststätte Ernst Thälmann mit seinem Zentralkomitee (ZK) die letzte ZK-Tagung vor seiner Verhaftung durch die Gestapo in einem kleinen Hinterzimmer durchführte. Er zeigte uns dieses Zimmer, Fotos und andere Erinnerungsstücke an Thälmann. Später wurde diese Gaststätte zur Thälmann-Gedenkstätte umgebaut. Dieses Objekt in Niederlehme war noch vor dem Krieg im Zuge Deutschlands Aufrüstung durch die Nationalsozialisten mitten in einem Wald gebaut worden. Das besondere an den Gebäuden war, daß sie, aus Tarnungsgründen während des Krieges, Flachdächer hatten, auf denen Erde aufgeschüttet war. Darauf waren Rasen, Büsche und Bäume gepflanzt. Damals war der Busch- und Baumbestand schon recht groß. Auch unterirdische Anlagen waren vorhanden. Die Zugänge zu diesen waren aber verschlossen. Uns allen war das Eindringen in diese Bunker strengstens verboten worden. Es hieß, die unterirdischen Gänge und

Räume seien durch unbekannte Sicherungsanlagen von den Nazis so gesichert worden, daß, wenn einer dort eindringt, die ganze Anlage durch eine Sprengung vernichtet werden könnte. Inwieweit dies den Tatsachen entsprach, wußten wir nicht. Daher hielten wir uns an das Verbot. Jetzt wurde das Objekt durch die KVP als Dienststelle genutzt. Es war eine Nachrichteneinheit. Hier wurden Funker, Fernsprecher (die sogenannten Strippenzieher) und Fernschreibpersonal ausgebildet. Da ich ausgebildeter Funker war, mußte ich nur noch einen zweiwöchigen militärischen Unteroffizierslehrgang absolvieren und wurde dann als Gruppenführer einer Gruppe eingesetzt, deren militärische und fachliche Ausbildung mir oblag. Bei meinem Dienst in dieser Einheit wurde ich auch zur Erprobung neuer Funkgeräte abkommandiert. Das waren Neuentwicklungen vom Leipziger Funkwerk. Es waren Kleinfunkgeräte, sogenannte Tornisterfunkstationen, die FK1. In der KVP hatten wir bis zu diesem Zeitpunkt nur die RBM-1, eine Funkstation sowjetischer Produktion als Kleinfunkanlage im Einsatz.

In dieser Dienststelle wurde ich im Frühjahr 1953 Kandidat der Sozialistischen Einheitspartei Deutschlands. Eines Tages wurde ich durch den Stellvertreter des Kommandeurs für politische Arbeit zu einer Aussprache in sein Dienstzimmer gebeten. Dort fragte er mich unumwunden, ob ich nicht bereit wäre, Kandidat der SED zu werden. Er meinte, ein Unteroffizier wie ich, der einen einwandfreien politisch moralischen Lebenswandel führt, seine Dienstpflichten ernst nimmt und bei der Erziehung und Ausbildung der ihm unterstellten KVP-Angehörigen eine gute Arbeit leistet, gehöre einfach als Genosse in die Partei der Arbeiterklasse. In dem folgenden Gespräch erklärte ich mich dann bereit, bei der Parteileitung der Dienststelle den Antrag zur Aufnahme als Kandidat in die SED zu beantragen. Wir sprachen dann noch die Modalitäten für die Aufnahme durch. In der etwa zwei Wochen danach stattfindenden Mitgliederversammlung der Dienststelle wurde mein Aufnahmeantrag den anwesenden Mitgliedern vorgetragen. Bei solchen Aufnahmen ist es üblich, daß auf Fragen der Mitglieder der Kandidat einen kurzen Überblick über sein bisheriges Leben gibt. So war es auch bei mir. Auf die Frage eines Mitgliedes, wie ich mir die Mitarbeit in der Partei vorstelle, antwortete ich, daß ich dies durch meine tägliche Arbeit bei der Ausbildung und Erziehung der mir Unterstellten unter Beweis stellen und ich auch bereit bin, die an mich gestellten Anforderungen voll zu erfüllen aber in Bezug auf

mein Leben in den bewaffneten Organen der DDR und als Genosse
ich zu einigen Problemen eigene Wertvorstellungen habe, die ich
stets berücksichtigen werde.
Ich wurde dann einstimmig als Kandidat in die SED aufgenommen.
Meine Kanndidatenzeit betrug zu dieser Zeit ein Jahr, in dessen
Verlauf ich mehrere Parteiaufträge erhielt, deren Erfüllung durch
mich zeigen sollte, daß ich nach Ablauf der Kandidatenzeit würdig
bin, als vollwertiges Mitglied aufgenommen zu werden. In die Zeit
meiner Tätigkeit in Niederlehme fiel der 17. Juni 1953, die Erhe-
bung der Arbeiter in der DDR gegen die beschlossenen Maßnahmen der DDR-Regierung über die neuen Arbeitsnormen.
Ich erlebte diesen Tag in Barby, da ich gerade meinen Jahresurlaub
hatte. Ich hatte mich am 14. Juni mit meiner Freundin Ingeburg
verlobt und wir wollten in den Harz fahren. Dazu kam es dann nicht
mehr. Die Nachrichten unserer Sender berichteten zwar zu den in
Berlin und anderen Orten der DDR stattfindenden Ereignissen und
verlasen Erklärungen und Aufrufe der Regierung, aber in westlichen
Sendern war weit mehr darüber zu hören. Diese Sender überschlu-
gen sich fast in ihrer Berichterstattung. In den Rundfunkübertra-
gungen hörte man Schießen. In meinem damaligen Wohnort Barby
strömten die Menschen aufgeregt auf die Straßen. Nur wenige von
ihnen bewahrten die Ruhe.
Am 18. Juni wurde ich durch einen Offizier der damaligen Registrierstelle der KVP in Schönebeck/Elbe benachrichtigt, sofort zu
meiner Dienststelle zurückzukehren. Zu dieser Zeit herrschte in der
gesamten DDR der Ausnahmezustand. Ab 18.00 Uhr durfte nie-
mand mehr mit dem Zug unterwegs sein. Ich mußte aber mit dem
Zug fahren, konnte also diese Ausnahmebestimmungen nicht ein-
halten. Immer wieder wurde ich, da ich ja in Zivil war, unterwegs
von Streifen kontrolliert, die mich, nachdem ich mich ausgewiesen
hatte, sofort weiterfahren ließen. Sie unterstützten mich auch mit
Rat dabei, so daß ich nachts um etwa 02.00 Uhr in meiner Dienststelle ankam. Am Morgen darauf wurde mir der Befehl erteilt, mit
vier anderen Funkern, darunter war auch mein Cousin Simon
Binder, versehen mit entsprechenden Funkgeräten und Funkunter-
lagen, nach Berlin Adlershof, in die Schnellerstraße zu fahren und
dort im Gebäude der ehemaligen Hauptverwaltung Seepolizei eine
Funkstation aufzubauen. Ich sollte mich in der Hauptverwaltung der
KVP, in der Schnellerstraße, bei Oberst Reymann melden. Oberst
Reymann war damals der Chef Nachrichten der KVP. Von ihm

erhielt ich, je nach Lage, die weiteren Befehle. Wir hatten nun täglich Funksprüche an die jeweiligen Truppenteile und Militärbezirksverwaltungen zu senden, aber auch welche von diesen zu empfangen. Das alles lief nicht immer so reibungslos ab. In dieser Aufbauphase der Kasernierten Volkspolizei gab es noch manche Ungereimtheiten, wie zum Beispiel: Als wir das erste Mal mit dem damaligen Kommando der Volkspolizei See in Parow bei Stralsund in Funkverkehr traten, erhielt ich von dieser Funkstelle einen Funkspruch, mit dessen Spruchkopf ich nicht klar kam. Entgegen unserer damaligen Funkvorschrift enthielt dieser Spruchkopf eine Anzahl unterschiedlich langer Zahlenreihen, die mir unverständlich waren. Diese Zahlen im Spruchkopf gaben zum Beispiel Auskunft über die Codierung des Funkspruches, der Funkspruchnummer, der Gruppenanzahl, des Datums und der Uhrzeit und anderes mehr. Ich rief daher über meine OB-Leitung diese Funkstelle an und fragte die Funker nach der Bedeutung der Zahlenreihe. Dabei stellte sich heraus, daß diese Funker nach einer anderen Funkvorschrift arbeiteten, als wir. Die Volkspolizei See hatte zu der Zeit eine Funkvorschrift, ähnlich der, wie sie in der deutschen Kriegsmarine üblich gewesen war und die sie anwendeten. Unsere Funkvorschrift entsprach damals der Funkvorschrift der Roten Armee.

Nachdem wir uns gegenseitig die Bedeutung des Spruchkopfes klargemacht hatten, verlief der weitere Funkverkehr reibungslos. Später wurde dann für die gesamte Kasernierte Volkspolizei bzw. Nationale Volksarmee eine einheitliche Funkvorschrift erlassen. Eines Tages erschien ein Unterleutnant von unserer Dienststelle. Er war ab sofort als Leiter dieser Funkstelle eingesetzt worden. Er teilte mir und Simon Binder mit, daß wir uns sofort in der Dienststelle zurückmelden sollten. Nach der Übergabe unseres Dienstes begaben wir uns zu unserer Einheit. Dort teilte man uns mit, daß man uns beide für die Offizierslaufbahn vorgesehen hat und wir daher mit sofortiger Wirkung nach Pirna an der Elbe zur dortigen Nachrichtenoffiziersschule als Offiziersanwärter versetzt wären. Wir sollten in einem dreijährigen Kurs zum Nachrichtenoffizier der KVP ausgebildet werden. Wir packten unsere Sachen und fuhren nach Pirna an der Elbe, wo wir uns beim Diensthabenden Offizier (OvD) meldeten und in eine entsprechende Unterkunft eingewiesen wurden.

Die Zeit vor Beginn unserer Ausbildung, der Kurs sollte am 1. September beginnen, nutzten wir dazu, unsere Unterkunft entsprechend herzurichten. Alles, was wir für die Ausbildung an Dokumenten benötigten, in den entsprechenden Verwaltungsstellen zu empfangen. Unser Kompaniechef, Oberleutnant Büttner, teilte uns in entsprechende Züge und Gruppen ein.

Als Offiziersanwärter der Nachrichtentruppen der KVP in Pirna/Elbe

Ich kannte Oberleutnant Büttner bereits von Niederlehme her, wo wir gemeinsam neue Funkstationen erprobten. Einige Offiziersanwärter wurden mit Funktionen betraut. So erhielt ich den Befehl, neben meiner Tätigkeit als Offiziersanwärter auch noch die Funktion eines Hauptfeldwebels (Spieß) zu versehen. Das natürlich nur in der Zeit, wo für mich kein Unterricht war. Während des Unterrichts war ich also der sogenannte „Schütze Arsch im letzten Glied" und dazwischen der verantwortliche Hauptfeldwebel der Kompanie. Mein Cousin wurde zum Stellvertretenden Zugführer des 4. Zuges ernannt. Wir hatten vier Züge, jeder Zug drei Gruppen. Wenn abends oder an den Wochenenden die Kompanieoffiziere abwesend waren, war ich für die Kompanie zuständig. Mir war ein Unteroffizier als Kompanieschreiber zugeteilt. Dem war es nicht recht, daß er als Unteroffizier mir unterstellt war und meine Weisungen ausführen mußte. Immer mußte ich ihn auf Trab bringen. Nie erledigte er in der Tageszeit, wenn ich Unterricht hatte, die ihm von mir aufgetragenen Arbeiten. Er versuchte, meine Autorität stets zu untergraben, mir beim Kompaniechef die nicht erfüllten Aufgaben anzulasten.

Bei unserem ersten Kompaniechef, Oberleutnant Büttner, kam er
damit nicht durch. Der kannte mich genau und durchschaute diesen
Unteroffizier. Erfolg hatte er erst bei unserem zweiten Kompaniechef, einem Leutnant, der Oberleutnant Büttner ablöste, da dieser
in eine andere Dienststelle versetzt wurde. Ich kann mich noch an
ihn erinnern. Er hieß Hannes Barth, wir nannten ihn aber nur Eddi.
Er war ein etwas stämmiger, säbelbeiniger Mann und fanatischer
Fußballfan. Mit diesem Kompaniechef hatte ich aufgrund der
ständigen Intrigen des Kompanieschreibers gegen mich ein schlech-
tes Verhältnis.
Unser Dienst verlief an dieser Offiziersschule streng nach dem
Grundsatz:

„Leben und Lernen nach den Dienstvorschriften."

Diese Losung stand auf einem Schild, gleich am Eingang zu unserer
Kaserne. Und danach hatte sich auch jeder zu richten. Persönliche
Probleme wurden nicht berücksichtigt. Unser Kurs bestand ausnahmslos aus gedienten Gefreiten und einigen Unteroffizieren mit
praktischen Erfahrungen. Da das Pensum sehr hoch und die
Ausbildungszeit dafür sehr knapp bemessen war, mußte alles andere,
was nicht dienlich war, zurückgestellt werden. Es war für uns ein
harter Dienst. Neben unserer Tätigkeit mußten wir ja auch noch im
Wechsel mit den anderen zwei Kompanien eine 24-Stunden-Wache
zur Bewachung des Objektes gehen. In der Freizeit, die äußerst
knapp war, übte ich mich im Geräteturnen. Ich hatte schon in
Niederlehme an Trainingsabenden im Geräteturnen teilgenommen.
Ein Offizier der Dienststelle trainierte uns Offiziersanwärter. Ostern
1954 nahmen wir dann als Turnriege bei den KVP-Meisterschaften
im Turnen in Döbeln teil, wo wir den zweiten Platz in der Mann-
schaftswertung belegten. Da ich ein gut ausgebildeter Funker mit
entsprechenden praktischen Erfahrungen war, wurde ich sehr oft,
wenn Ausbilder fehlten, im Fach Hören und Geben als Ausbilder in
meinem Zug eingesetzt. Unser Notensystem war das russische
System. Die Note 5 war die beste Note und die Note 1 die schlechteste Note. Mein damaliger Leistungsdurchschnitt lag bei 4,8. Ich
gehörte mit meinen Leistungen mit zur Spitze.
Unter uns Offiziersanwärtern herrschte eine gute Kameradschaft.
Etliche kannten sich schon von früher. An zwei von ihnen, die
allgemein beliebt waren, kann ich mich noch gut erinnern. Es waren

die Offiziersanwärter Bayer und Reichert. Ich traf beide viele Jahre später in Leipzig auf der Zentralen Messe der Meister von Morgen, der MMM, als Oberste der Nationalen Volksarmee. Die Neuererbewegung in der DDR stand unter der Schirmherrschaft der FDJ. Die jungen Neuerer und Rationalisatoren stellten auf der MMM ihre Exponate aus. Die Zentrale MMM in Leipzig war immer ein Höhepunkt in der Neuererbewegung und wurde jährlich veranstaltet. Auch ich war in der Neuererbewegung aktiv vertreten und stellte von mir geschaffene Exponate in Leipzig aus. Mein erfolgreichstes Exponat war der Störimitator SI-70, ein elektronisches Kleingerät, mit dem man alle Arten von Radarstörungen simulieren konnte. Er war für alle Radargeräte und Funkmeß-Waffenleit-Systeme der Volksmarine anschlußfähig. Bei praktischen Übungen an den Stationen konnten mit ihm auf dem Bildschirm der Radaranlagen verschiedene Störungen simuliert werden. In der Art und Intensität variabel einstellbar. Das Funkmeßpersonal sollte damit unter erschwerten Bedingungen lernen Ziele zu erkennen, zu erfassen und zu begleiten. Dieses Gerät wurde von mir 1970 entwickelt und von einer Freiberger PGH (Produktionsgenossenschaft Handwerk) nach dem von mir gebautem Mustergerät und Schaltplänen in einer Serie von 120 Stück für den Einsatz in der Volksmarine gebaut.

Es kam der Pfingstmontag 1954. Ein Großteil der Offiziersanwärter der anderen zwei Kompanien hatten Festtagsurlaub. Unsere Kompanie war anwesend. In der Dienststelle gab es erhöhte Gefechtsbereitschaft. Diese wurde immer an Feiertagen und besonderen Tagen laut Befehl des damaligen Chefs der KVP befohlen. Zwei Züge meiner Kompanie waren auf Wache - zu solchen Anlässen gab es immer Doppelposten - die anderen zwei Züge lagen in der Wachvorbereitung. Entsprechend der Dienstvorschrift war Wachdienst ein Ehrendienst. Wachdienste durften 24 Stunden vor Antritt ihrer Wache laut Dienstvorschrift nicht mehr zu Arbeitseinsätzen herangezogen werden, damit sie gut ausgeruht ihren Wachdienst antreten konnten. Die Einhaltung der Dienstvorschrift wurde ja stets von uns verlangt. Die Dienstvorschriften wurden auch rigoros uns gegenüber von den Vorgesetzten durchgesetzt.

Am Vormittag dieses Pfingstmontags kam ein Hauptmann der Verwaltung der Dienststelle zu mir. Wir nannten ihn „Das Arbeitsamt." Er war für den Einsatz des Personals für verschiedene Arbeitsleistungen in der Dienststelle verantwortlich. Er verlangte, daß ich die zwei Züge sofort zur Säuberung des an unsere Dienststelle angrenzenden Sportplatzes einsetzen sollte. Am Nachmittag sollte dort ein Fußballspiel stattfinden. Ich machte diesen Hauptmann darauf aufmerksam, daß die Offiziersanwärter der zwei Züge am Nachmittag auf Wache ziehen müssen und ein vorheriger Arbeitseinsatz entsprechend der Dienstvorschrift nicht gestattet sei. Er bestand aber auf der Ausführung seines Befehls, so daß ich die zwei Züge zu diesen Arbeiten abstellen mußte.

Unsere Offiziersanwärter sagten, wenn sich die Vorgesetzten nicht an die Dienstvorschriften hielten, die ja für jeden Befehl seien, dann halten sie sich auch nicht daran. Einige gingen daher nach Abschluß der Arbeiten in die Kantine und tranken ein Bier, obwohl vor Wachantritt der Konsum von Alkohol nicht gestattet war. Ich ließ die Offiziersanwärter der zwei Züge zum Mittagessen heraustreten. Als Verantwortlicher stand ich vor diesen zwei Zügen und stellte, wie stets üblich, die Vollzähligkeit fest. Es fehlte noch der Offiziersanwärter Schweigert. Dieser Offiziersanwärter war durch seine Possenreißerei in der Kompanie allgemein beliebt.

In diesem Augenblick kam ein Major des Stabes der Dienststelle dazu, Major Herzberger, ein Berliner. Diesen Namen werde ich wohl nie vergessen. Er war in meinen Augen ein äußerst arroganter, überheblicher und kaltschnäuziger Mensch. Dieser forderte von mir eine Meldung über die Vollzähligkeit. Ich gab sie ihm, worauf er fragte, wo denn dieser Kursant wäre. Wahrscheinlich noch in der Kantine, sagte ich ihm. Ich mußte den Offiziersanwärter Schweigert durch einen anderen Offiziersanwärter holen lassen. Offiziersanwärter Schweigert kam und trat, dabei ironisch lächelnd, ins Glied. Dieses Lächeln wie auch seine unordentliche Anzugsordnung, wahrscheinlich auch, weil er in der Kantine Bier getrunken hatte, veranlaßten den Major, den Offiziersanwärter Schweigert sofort zu arretieren. Zwei von ihm benannte Offiziersanwärter sollten ihn in den Arrest, der in der Hauptwache war, bringen und den Offizier vom Dienst (OvD) davon in Kenntnis setzen. Dann durfte ich mit den übrigen Offiziersanwärtern zum Speisesaal abrücken. Dort angekommen, nahmen wir Platz und das Essen wurde uns von den Frauen aufgetragen. Ein Offiziersanwärter Schmidt, ein Leipziger, fing plötzlich an laut zu rufen: Wer jetzt ißt, der ist ein Arbeiterverräter. Er mit einigen anderen Offiziersanwärtern nahm mehrere Schnitzel und brachte diese zum Arretierten. Dem OvD wurde ein Ultimatum gestellt, den Offiziersanwärter Schweigert sofort frei zu lassen oder es würde nicht gegessen werden. Der OvD arretierte diese Offiziersanwärter auch sofort und benachrichtigte die einzelnen Vorgesetzten der Dienststelle, die sich in ihren Wohnungen im Standort aufhielten. Im Speisesaal selbst haben nur sehr wenige Offiziersanwärter ihr Essen eingenommen. Ich glaube, es waren nur die stellvertretenden Zugführer, zwei andere Offiziersanwärter und ich. Die anderen Offiziersanwärter hatten sich der allgemeinen Streikwelle angeschlossen. Gegen uns wurden Rufe, wie: Ihr Arbeiterverräter, laut. Als verantwortlicher Hauptfeldwebel unternahm ich nichts, denn es hatte, wie ich sah, keinen Zweck. Gegen diese Stimmung kam keiner an. Es herrschte ein unglaublicher Tumult. Das war natürlich auch etwas für das zivile Küchenpersonal. So etwas hatte es sicherlich noch nie an dieser Dienststelle gegeben. Es dauerte nicht lange, da waren die jeweiligen Vorgesetzten in der Dienststelle. Dazu gesellte sich dann auch noch eine uniformierte Einheit der Staatssicherheit, die auf dem Sonnenstein bei Pirna kaserniert untergebracht war. Diese trieben uns alle auseinander. Auf den beiden Wachtürmen wurden Maschinengewehre aufgestellt. Es durften keine zwei Personen mehr zusammenstehen und miteinander sprechen. Nach einigen Stunden waren aus der Hauptverwaltung der KVP in Berlin die ersten Untersuchungsoffiziere da. Es begannen die Verhöre. Auch ich, als Offiziersanwärter und verantwortlicher Hauptfeldwebel, wurde dazu vernommen. Auf den Vorwurf, ich hätte nichts unternommen, um das alles zu unterbinden, antwortete ich ihnen, daß es nicht möglich war, als Einzelner oder zu dritt gegen so viele vorzugehen. Ich zog es daher vor, abzuwarten, bis sie sich von selbst beruhigten. Und im übrigen, sagte ich, läge die Schuld einzig und allein bei den zwei Offizieren, die durch ihr Verhalten dieses Vorkommnis provoziert hätten. Die Offiziersanwärter hätten auch ein Recht auf eine menschenwürdige Behandlung. Ich wurde noch mehrmals zur Vernehmung durch verschiedene Offiziere geholt. Ich blieb bei meinem Standpunkt.

Dieses Vorkommnis trug dazu bei, daß ich mich fragte, willst du ein solcher Offizier werden, der eventuell gegen seine eigenen Genossen einmal eingesetzt werden könnte? Ich sagte mir, nein! Ein solcher Offizier will ich nicht werden. Da das bei mir nun klar war, beantragte ich meine Versetzung von der Offiziersschule zurück zu einer Einheit, welche, war mir egal.

Meine damalige Haltung in dieser Frage resultierte aus meinem jugendlichen Überschwang, meinem Solidaritätsgefühl gegenüber meinen Kameraden, meinen damaligen Idealen. Ein Jahr später wäre aber für mich die weitere Ausbildung auch zu Ende gewesen, da mein zukünftiger Schwiegervater, der in Bautzen ohne Gerichtsurteil von den sowjetischen Truppen inhaftiert war, von dort 1954 entlassen wurde und 1955 nach der Bundesrepublik Deutschland flüchtete. Er wurde „republikflüchtig," so hieß es, wenn ein Mensch illegal die DDR verließ. Er war in der Reichsmarine als Funker ausgebildet worden, hatte in ihr als Funkmeister gedient und war vor dem Krieg in der deutschen Botschaft in Moskau bei Graf von der Schulenburg als Funker tätig. Zu Kriegsbeginn wurde er mit ausgetauscht. Nach seiner Republikflucht wurde er in Hamburg ansässig und arbeitete im Verkehrsministerium der BRD als Regierungsoberinspektor. Als Amtmann ging er in Pension. Aufgrund dieser Tatsache hätte ich entsprechend den damaligen Sicherheitsbestimmungen für den Einsatz in Nachrichteneinheiten nicht mehr Nachrichtenoffizier werden können.

Unbewußt dieser Tatsache hatte ich also mit meinem Versetzungsgesuch diesen Zeitpunkt vorverlegt. Damit goß ich erst recht Öl ins Feuer. Mit mir erfolgte nun Aussprache um Aussprache. Es wurde mir vorgehalten, daß ich die einmalige Möglichkeit hätte, Offizier zu werden. Meine Leistungen wären ja ausgezeichnet und es gäbe überhaupt keinen plausiblen Grund, nicht zu bleiben. Ich konnte in meinem Versetzungsgesuch ja nicht die Gründe angeben, die mich bewogen hatten, das Versetzungsgesuch zu schreiben. Mit der Angabe der wahren Gründe für meine Versetzung hätte ich eventuell mit für mich sehr unangenehmen Folgen rechnen müssen. So gab ich daher nur an, daß ich nervlich durch diese Sache am Ende sei und meine Ruhe haben wollte. Und im übrigen vermisse ich die fällige Bestrafung der Offiziere, die an dieser Sache die Schuld trügen. Darauf gingen die mich verhörenden Offiziere nicht ein, was mich in meinem Beharren auf mein Versetzungsgesuch nur noch bestärkte. Zuletzt gaben sie dann ihre Bemühungen auf. Ich wurde zum Feldwebel befördert und nach Schwerin in den Divisionsstab als Nachrichtenzugführer versetzt. Dort angekommen, sagten mir die Verantwortlichen: Was sich die in Berlin nur denken? Was sollen wir mit Ihnen hier machen, wir haben ja keine Planstelle frei. Auf meine Frage, ob es noch Dienststellen gäbe, wo ich eventuell als Zugführer eingesetzt werden könnte, wurde mir gesagt: Ja, in Prora auf Rügen. Da haben sie kaum Zugführer. Nun, sagte ich, so versetzt mich doch weiter nach Prora. Das wurde dann auch getan.

In Prora waren ein Panzerregiment und ein Infanterieregiment in den noch intakten Blöcken des ehemaligen KdF-Seebades Prora untergebracht. In unserer unmittelbaren Nachbarschaft befand sich auch ein Truppenteil der Roten Armee, das ebenfalls in einem noch intakten Block untergebracht war. Ich wurde in der zum Infanterieregiment gehörenden Nachrichtenkompanie des Hauptmann Peters als Zugführer eingesetzt.

In dieser Dienststellung habe ich dann noch die Herbstmanöver auf Rügen mitgemacht und meine dienstfreie Zeit dazu benutzt, mir die

Das ehemalige KdF-Seebad und spätere KVP-Objekt Prora/Rügen

Als Feldwebel der KVP in Prora/Rügen

Sehenswürdigkeiten Rügens, wie die Seebäder Binz, Baabe, Sellin und Göhren als auch das Jagdschloß Granitz anzusehen.

Da ich kurz vor Ablauf meiner dreijährigen Verpflichtung war, verlängerte ich diese nicht und beantragte meine Entlassung aus dem Dienstverhältnis. Dem wurde stattgegeben. Ende Oktober wurde ich dann entlassen.

Auf meiner Heimfahrt hatte ich in Stralsund Aufenthalt. Dort lernte ich im Hotel „Am Bahnhof" einen Angehörigen der Volkspolizei See, einen Funkmaat Schulz, kennen. Auf meine Frage, ob es bei der Volkspolizei See Bedarf an ausgebildeten Funkern gibt, bejahte er das. Er meinte, ich sollte mich doch in der Dienststelle Parow bei einem Fregattenkapitän Schreiber diesbezüglich melden. Damit tat sich für mich eine neue Perspektive auf. Die Funkerei gefiel mir und die damit verbundenen funktechnischen Probleme sprachen mir mehr zu als der Müllereimaschinenbau, so daß ich von einem Besuch der Arbeiter- und Bauernfakultät absah. Dazu kam, daß für mich die Marine etwas Neues, Unbekanntes war. Für mich bedeutete sie so etwas wie an romantischen Seefahrten teilnehmen und Abenteuer erleben. Und welcher junge Mann ist wohl nicht für so etwas zu haben?

Ich fuhr gleich am nächsten Tag nach Parow und meldete mich bei diesem Fregattenkapitän. Dieser Offizier war zu der Zeit der Leiter Ausbildung in der Dienststelle. Er war sofort bereit, mich in seinem Bereich als Ausbilder Funk einzusetzen. Ich wurde von ihm an einen Unterleutnant Schulz im Stab - Nachweisführung - verwiesen, mit dem ich meine Versetzung zur Kasernierten Volkspolizei/Volkspolizei See durchsprechen sollte. Unterleutnant Schulz sagte mir, daß ich mich über die Registrierstelle in Schönebeck an der Elbe (das waren die Vorläufer der späteren Wehrkreiskommandos) um die Einstellung laut Befehl 106/54 bewerben sollte. Ich tat das dann auch. Dieser Befehl besagte, daß ein KVP-Angehöriger, der drei Jahre ehrenvoll in einer Einheit gedient hat, auf Wunsch zu einer anderen Einheit versetzt bzw. in einer anderen Einheit mit gleichen Rechten eingestellt werden kann.

Meine Schwiegereltern - Erich Emil Schultze
und Emma Schultze, geb. Meier

Am 6. November 1954 heiratete ich meine Verlobte in Barby/Elbe. Wir ließen uns nur standesamtlich trauen. Eine kirchliche Trauung lehnten wir ab, was meinen Eltern absolut nicht paßte. Sie waren streng katholisch erzogen und betrachteten unsere Ehe daher nur als zusammengeschrieben. Meine Frau war evangelisch, ich katholisch. Die Frage für uns war: Eine evangelische Trauung meiner Frau zuliebe, oder eine katholische meinen Eltern zuliebe. Wir entschieden daher, uns nur standesamtlich trauen zu lassen. Da wir unsere Kinder auch nicht taufen ließen, waren diese in den Augen meiner Eltern und meiner Tante Agnes nur Heiden.

Mein Schwiegervater war inzwischen aufgrund einer Amnestie der DDR-Regierung aus Bautzen entlassen. So konnte die Hochzeitsfeier im Kreis der gesamten Familie erfolgen. Der Vater meiner Frau, Erich Emil Schultze, stammte aus Gumbinnen in Ostpreußen. Die Mutter, Emma Schultze, war eine gebürtige Meyer aus Plaue in Thüringen. Zuletzt wohnten meine Schwiegereltern in Chemnitz, wo sie im Frühjahr 1945 ausgebombt wurden. Sie verloren dadurch ihren gesamten Besitz. Meine Schwiegermutter zog daher mit ihren sechs Kindern zu ihren Eltern nach Barby/Elbe. Diese nahmen die Familie in ihrer Wohnung auf. Eine Woche nach dem Hochzeitstag kam mein Einstellungsbefehl zur Volkspolizei See.

Ich mußte mich zu einem bestimmten Termin in Rostock in der damaligen Hauptverwaltung der Kasernierten Volkspolizei/Volkspolizei See - im sogenannten Ständehaus - melden, wo ich einer fachlichen Aufnahmeprüfung unterzogen wurde. Bei einem anschließenden Gespräch mit dem Kaderoffizier, der mich fragte, mit welchem Dienstgrad ich gerne eingestellt werden möchte, sagte ich ihm, da ich ja über die Marine keinerlei Kenntnisse hatte, ich würde schon zufrieden sein, wenn ich mit meinem bisherigen Dienstgrad Feldwebel eingestellt werden könnte. Dieser Offizier meinte aber, ich könnte auch mit einem anderen, höheren Dienstgrad eingestellt werden. Ich war aber mit dem Dienstgrad Feldwebel sehr zufrieden. Den hatte ich mir redlich verdient, und mit fremden Federn wollte ich nicht geschmückt werden.

Zu dieser Zeit gab es in der Volkspolizei See neben der seemännischen Laufbahn (blaue Paspelierung) noch die Küstenlaufbahn (rote Paspelierung) und die Verwaltungslaufbahn (graue Paspelierung). Mit der Umbenennung in Seestreitkräfte fiel die Bezeichnung Küstenlaufbahn und Verwaltungslaufbahn weg. Es gab nur noch die seemännische und ingenieurtechnische Laufbahnbezeichnung.

Ich wurde von Rostock aus noch am gleichen Tag zur damaligen

Flottenschule Parow als Zugführer Funk, zuständig für die Ausbildung von Obermeistern, versetzt. Da ich noch nicht eingekleidet war, mußte ich dort in Zivil erscheinen. Auf Weisung des OvD sollte ich mich beim Einsatzleiter der Dienststelle, einem Korvettenkapitän Lüdemann - in der Dienststelle von den Matrosen scherzhaft als der „Löwe von Parow" bezeichnet - melden. Der hatte gerade eine Dienstbesprechung mit den Hauptfeldwebeln der Dienststelle, als ich mich bei ihm entsprechend der Dienstvorschrift meldete. Der Korvettenkapitän Lüdemann sagte daraufhin zu den anwesenden Hauptfeldwebeln: „Dieser Feldwebel in Zivil hat mehr militärisches Verhalten an sich, als ihr alle zusammen". Das war für mich damals natürlich ein Lob. Ich hatte ja in meiner bisherigen Dienstzeit kein anderes Auftreten gelernt als nur ein, von den Dienstvorschriften gefordertes, streng militärisches Auftreten. Ich wurde in der Ausbildungskompanie von Leutnant zur See Deutsch Zugführer der Züge Funk und Signal. Die Maate, Obermaate und Meister sollten von mir zum Obermeister ausgebildet werden. Ich war zuständig für die fachliche Ausbildung der zukünftigen Oberfunkmeister sowie der gesamten militärischen Ausbildung und für militärische Körperertüchtigung - MKE - der beiden Laufbahnen. Die Fachausbildung der Obersignalmeister wurde von Signalausbildern durchgeführt, da ich ja Funker und nicht Signäler war. Ich war zu dieser Zeit der erste in der DDR ausgebildete Funkausbilder an der Dienststelle.

Gleich zu Beginn meiner Tätigkeit als Zugführer stellte ich fest, daß der gesamte Dienstbetrieb in dieser Dienststelle sehr leger ablief. Das stand den Dienstvorschriften, wie ich sie kennengelernt hatte, entgegen. Also bemühte ich mich, diese in meiner Tätigkeit durchzusetzen. Mein allgemeines Auftreten führte dazu, daß ich nach kurzer Zeit in der Dienststelle nur noch Montgomery genannt wurde. Sollten neue militärische Dienstvorschriften eingeführt werden, was in dieser Zeit oft der Fall war, erhielt ich den Befehl, mit meinem Zug die neuen Passagen einzuüben und in Form einer Lehrvorführung der gesamten Dienststelle vorzuführen. Bei dieser Tätigkeit lernte ich auch Ultn. zur See Theodor Hoffmann, den späteren Chef Volksmarine und letzten Verteidigungsminister der DDR kennen, der damals bei der Schulbootabteilung seinen Dienst versah. Diese Lehrvorführungen gaben meinen Leuten einen gewissen Auftrieb, so daß sie sich von nun an bemühten, immer alles vorbildlich zu machen. Es dauerte dann auch nicht mehr lange, da hingen in allen anderen Kompanien Fotos über die Stubenordnung, den Spindbau und den Bettenbau meiner Leute an den Aushangtafeln dieser Kompanien als Anleitung, dem nachzueifern. Der Obermeisterlehrgang, den ich im Ausbildungsjahr 1954/55 hatte, war vorläufig der letzte Lehrgang dieser Art. Jahre danach fanden dann wieder Obermeisterlehrgänge statt. Auch bei der Ausbildung von Matrosen und Maaten wurde ich als Zugführer und Ausbilder eingesetzt.

In dieser Zeit galten bei der Volkspolizei See noch alte, maritime Bräuche wie zum Beispiel der Lockruf beim Wecken morgens. Wenn ein altgedienter Unteroffizier als UvD (Unteroffizier vom Dienst) eingesetzt war, dann wurden schon am Morgen, um 05.45 Uhr, wenn der erste Lockruf mit der Bootsmannsmaatenpfeife ertönte, die Matrosen wach und warteten gespannt, was nun für ein Spruch folgen würde. Diese alten Unteroffiziere, die zum großen Teil schon in der Kriegsmarine gedient hatten, kannten eine Vielzahl solcher Sprüche. Zu jedem Lockruf gab es einen anderen Spruch. Wenn also der erste Lockruf kam, wurde durch den UvD zum Beispiel gerufen:

„Seemann mach die Socken klar, die Waschfrau von Laboe ist da. Auf jedem Schiff das dampft und segelt, ist einer, der die Waschfrau v... und ist das Schifflein noch so klein, die Waschfrau will gev..... sein. Eine Hand am Sack, die andere am Socken, Seemann bleib liegen, es ist erst Locken"

und andere Sprüche dieser Art. Das ging so bis 06.00 Uhr. Dann ertönte der Weckruf:

„Erhebt euch ihr müden Leiber, die Pier steht voller nackter Weiber. Der Uhu auf der Kirchturmspitze probiert die neue Tripperspritze. Ein jeder weckt seinen Nebenmann, der Letzte stößt sich selber an. Seemann komm hoch aus den Kissen, dein Sack ist knallvoll und du mußt pissen. Reise, reise aufstehen!"

Auch zur Herstellung der Nachtruhe auf dem Schiff oder an Land gab es einen Ruf.

„Ruhe im Schiff, Licht aus, alle Geister auf Stationen. Mondsüchtige entern die Wanten, die zum Tode verurteilten heraustreten zum

Särge empfangen. Die Filzlaus längs der Sacknaht rennt, der See-
mann schnarcht laut, wenn er pennt. Verkriecht euch jetzt in euren
Kojen, der Bootsmann wacht und zählt die Bojen".

Und zu Mitternacht dann der Ruf:

„Wenn Mitternacht der Seemann träumt von dem, was er im Schlaf
versäumt, dann steigen aus dunkler Nebelwand die schönsten
Frauen nackt an den Strand; dann zeigt ein jeder was er kann und
nimmt in die Hand seinen kleinen Mann"!

Diese und andere Bräuche an Bord wie auch in den Kasernen der
Volkspolizei See waren damals gang und gäbe. Später, als aus der
Kasernierten Volkspolizei die Nationale Volksarmee gebildet wurde,
sind für alle Dienststellen einheitliche Signale festgelegt worden,
mittels derer eine Maßnahme eingeleitet wurde. Der Lockruf mit all
seinen Sprüchen wurde nicht mehr gestattet. Auch die Zusätze "zur
See" bei den unteren Dienstgraden der Offiziere wie Leutnant zur
See und Oberleutnant zur See, wurden weggelassen, und es galt nur
noch einfach Leutnant und Oberleutnant. Und gerade auf dieses "zur
See" waren die Seeoffiziere besonders stolz.
Einiges aber hielt sich weiterhin. Das war zum Beispiel das „Zur
Seite Pfeifen" mit der Bootsmannsmaatenpfeife bei fahrenden Einheiten, wenn der Kommandant, ein anderer Vorgesetzter oder hohe
Gäste das Schiff betraten oder verließen. Ein Seemann mußte sehr
lange üben, bis er mit der Bootsmannsmaatenpfeife alle Signale
beherrschte. Als ich zur Marine kam, galt das auch für mich. Ich
mußte diese Signale kennen und sie auch mit der Bootsmannsmaatenpfeife pfeifen können. Das galt für alle, vom Matrosen bis
zum Offizier. Wie oft habe ich in den Abendstunden in einem
Kellerraum diese Signale anhand eines Pfeifbuches geübt, bis ich sie
beherrschte. Umgangssprachlich mußte ich mich auch an die
jeweiligen Ausdrücke bei der Marine gewöhnen. So hieß es zum
Beispiel:
- Ausgang haben war *Landgang;*
- ein Tisch ist die *Back*
- Essen und Trinken einnehmen ist *Backen und Banken*;
- der Koch ist der *Smutje*;
- der diensthabende Matrose im Speisesaal ist der *Backschafter*;
- das Bett ist eine *Koje*;

- die linke Seite eines Schiffes ist *Backbord* und die rechte Seite ist
  Steuerbord;
- ein Strick ist ein *Tampen* oder *Leine*;
- jeder, der nicht ein Seemann ist, ist eine *Landratte*
und viele andere mehr.

Im März 1956 habe ich meine erste größere Seefahrt auf der Ostsee
unternommen. Bis dahin nahm ich nur mit Booten, wie den Reede-
schutzbooten Delphin, an Einsätzen in See teil. Diese Fahrten dienten durchweg nur der praktischen Ausbildung, vorrangig der Maate
und fanden nur in unmittelbaren Küstengewässern statt. Bei der
jetzigen Seefahrt sollten neue Seefunkstationen erprobt werden.

Das Minenleg- und Räumschiff Projekt Krake. Auf der S 44 fuhr
ich als Oberfunkmeister auf Navigationsbelehrungsfahrten mit.

Wir waren drei Oberfunkmeister, Oberfunkmeister Bothe Ernst,
Oberfunkmeister Platzk Werner und ich, welche die Erprobung
dieser Seefunkstationen auf dem damaligen Hochseeschlepper
Vorwärts der Volkspolizei See durchführen sollten. Kommandant
auf diesem Schlepper war zu dieser Zeit ein Oberleutnant zur See
Weigelt. Es wurde die vom Funkwerk Leipzig neuentwickelte See-
funkstation FK 50 See und die vom Funkwerk Köpenick entwickelte Seenotstation SEG-15 erprobt. Unsere Fahrt begann und
endete im Hafen Saßnitz auf der Insel Rügen. Dabei befuhren wir
die gesamte nördliche und östliche Ostsee bis zum Bottnischen und
Finnischen Meerbusen. Wir waren drei Wochen unterwegs. Es war

kalt und sehr stürmisch. Es herrschten die Frühjahrsstürme. Viele Besatzungsmitglieder wurden seekrank. So auch ich. Für mich war das ein ungewohnter Zustand, den ich nur an Oberdeck, an der frischen Luft einigermaßen ertragen konnte. Mir war furchtbar schlecht. Ich hoffte nur, daß das alles bald zu Ende ist. Ich konnte in dieser Zeit weder essen noch trinken. Allem gegenüber war ich vollkommen gleichgültig. Das gab sich dann aber nach ein paar Tagen.

An dieser Fahrt nahmen auch zwei Ingenieure von den Funkwerken teil. Diese sollten unterwegs eventuell auftretende Störungen an den Geräten beseitigen. Diese zwei Ingenieure sah ich nur am ersten Tag beim Einnehmen des Frühstücks. Danach erst wieder beim Anlegen unseres Schiffes im Hafen Saßnitz, wo sie wankend und mit bleichen Gesichtern das Schiff verließen. Als ich das Schiff verließ und die ersten Schritte machte, glaubte ich, der Erdboden würde schwanken. Dem war aber nicht so. Mein Gleichgewichtsgefühl hatte sich nur auf das Stampfen und das Schlingern des Schiffes eingestellt (weshalb ich dann auch nicht mehr seekrank war) und beim Verlassen des Schiffes auf die sichere Erde wurde dieses wieder kurzzeitig gestört. Seit dieser Fahrt weiß ich nun auch, warum Seeleute immer an Land mit leicht gespreizten Beinen und wiegenden Schritten gehen. Ich habe dann in der Folgezeit noch mehrere Fahrten unternommen. So auch mehrere Navigations-belehrungsfahrten mit den MLR-Schiffen (Minenleg- und Räum-schiff) Projekt Krake der Schulbootbrigade.

Diese Fahrten dienten der navigatorischen Unterweisung unseres Personals im Ostseeraum, dem Operationsgebiet der Volksmarine und der mit ihr verbündeten Flotten des Warschauer Vertrages. Sie erstreckten sich auf den gesamten Ostseeraum. Dabei besuchten wir die polnischen und sowjetischen Hafenstädte Uska, Danzig, die Westerplatte, Riga und Tallin. Bei den Besuchen dieser Hafenstädte fanden Freundschaftstreffen und Sportwettkämpfe mit den Marine-angehörigen der polnischen als auch der sowjetischen Seestreit-kräfte statt. Für uns alle waren das immer erlebnisreiche Tage auf See und in den von uns besuchten Hafenstädten.

Auch mit den Torpedo- und Raketenschnellbooten fuhr ich als Beobachter zu Luftziel- und Seezielschießübungen in die entspre-chenden Seegebiete im Ostseeraum. Ende der siebziger Jahre nahm ich dann auch als Ausbilder für Funkmeß-Waffenleit bei den Seeoffiziersschülern an den Ausbildungsfahrten *Große Fahrt* mit dem neuen Schulschiff Wilhelm Pieck, der S61 der Volksmarine teil. Bei diesen Fahrten begegneten wir sehr oft Booten und Schiffen der Bundesmarine. Auch von Kampfflugzeugen der Bundesluftwaffe, wie zum Beispiel dem Tornado, wurden wir auf unseren Routen, vorwiegend in der Deutschen Bucht, außerhalb der Hoheitsgewässer der Bundesrepublik, aus verschiedenen Richtungen angeflogen und kurz über den Mastspitzen überflogen. Und das immer wieder auf offener, freier See, obwohl es in dieser Hinsicht völkerrechtliche Bestimmungen gibt, die so etwas verboten. Was wäre, wenn wir das als Angriffshandlung gewertet und entsprechend gehandelt hätten?

Ich werde Berufssoldat

Durch die Volkskammer der DDR wurde beschlossen, die Nationale Volksarmee der DDR zu gründen. Als Gründungstag wurde der 1. März 1956 festgelegt, der dann alljährlich feierlich begangen wurde. Gleichzeitig erfolgte die Umbenennung der Volkspolizei See in Seestreitkräfte. Die Angehörigen der KVP, die sich bereit erklärten, in der NVA zu dienen, wurden sofort übernommen. Wer nicht bereit war, wurde entlassen. Die bisherigen Offiziere und Unteroffiziere konnten sich als Berufssoldaten bzw. als Berufsoffiziere verpflichten. Ich verpflichtete mich und wurde so Berufsunteroffizier mit Dienstgrad Oberfunkmeister.

Mit der Zeit hatte die Offiziersschule auf der Schwedenschanze in Stralsund genügend Offiziere ausgebildet, so daß die Zeit des verstärkten Einsatzes von Offizieren in den einzelnen Dienststellen kam. Dem Maat- und Meisterdienstgrad blieben jetzt nur noch untergeordnete Dienststellungen. Ich begann mich autodidaktisch immer mehr mit technischen Problemen zu befassen. In meiner Freizeit bastelte ich oft und baute Radios und andere elektronische Kleingeräte.

Das brachte mir bei meinen Kameraden den Namen Elektronensimon ein. Der erste Einkreis-Geradeausempfänger, den ich baute, pfiff, prasselte, kreischte und zischte, so daß meine Kameraden sagten, das sei kein Radio, sondern eher ein Tauchsieder. Aber so nach und nach packte ich dann die Sache. Mein erstes Radio, welches ich in meiner Ehe hatte, war ein von mir selbst gebauter 6-Kreis-Überlagerungsempfänger. Zu der Zeit (1956) war das schon

Als Oberfunkmeister der Seestreitkräfte in der Flottenschule Parow
bei Stralsund

was besonderes.

Sportlich betätigte ich mich auch weiterhin in meiner Freizeit. Besonders angetan war ich vom Geräteturnen an Reck und Barren sowie im Schießen mit Karabiner und mit Pistole, aber auch vom Langstreckenlauf ab 3000 m. In diesen Disziplinen erzielte ich stets sehr gute Ergebnisse. Bei einem Sportwettkampf, einem "Zwölf-kampf", zwischen drei Dienststellen ging ich als Sieger hervor und erhielt einen Pokal. Diesen habe ich in den 90er Jahren meinem Enkel Martin für seine ersten Plätze in der Leichtathletik gegeben. Ich lebte damals noch von meiner Familie getrennt. Diese wohnte in Barby an der Elbe, ich war kaserniert in der Dienststelle unter-gebracht. Ich bewohnte mit meinem langjährigen Freund und ebenfalls Funkausbilder, Oberfunkmeister Gerhard Ernst, ein Zim-mer. In dieser Zeit hatten die kaserniert untergebrachten Offiziere und Meisterdienstgrade noch sogenannte persönliche Putzer. Das waren Matrosen, welche ständig für die jeweiligen Zimmer dieser Offiziere und Unteroffiziere abgestellt waren und zu den Rein-schiffzeiten (Reinigungszeiten am Morgen, Abend und an den Wochenenden) diese Zimmer wie auch die Uniform der Meister und Offiziere reinigten. Wir hatten einen Matrosen, ein flinker Bursche, der auch jeweils am Wochenende das nötige Bier für Gerhard und mich aus der Kantine holte. Er durfte sich von diesem natürlich auch seinen Durst stillen. Ende der fünfziger Jahre wurden diese Putzer abgeschafft. Zu den Reinschiffzeiten wurde nur noch ein Matrose für diese Tätigkeit befohlen.

Da ich meine Freizeit sinnvoll verbringen wollte, habe ich in dieser Zeit viel Sport getrieben, gebastelt, gelesen und natürlich auch hin und wieder im Kameradenkreis in der Kantine bei einem Glas Bier gesessen und den Erzählungen älterer Offiziere und Unteroffiziere, die schon bei der Kriegsmarine im Zweiten Weltkrieg gedient hatten, zugehört. Diese brachten uns als „Junge Spunte," wie sie uns bezeichneten, verschiedene Dinge des täglichen Dienstablaufes und vieles andere mehr bei.

Vier „Junge Spunte" bei einer Bierrunde. Links vorn ich. Hinter mir Rudolf Preisler, der von mir zum Oberfunkmeister der KVP-See ausgebildet wurde

Sie erzählten uns auch Episoden aus dem letzten Krieg. Von Seegefechten, an denen sie teilgenommen hatten. Aus dem, was sie uns sagten, konnten wir uns ein Bild machen, wie furchtbar doch ein Krieg sein konnte. Ein alter Oberfunkmeister, Werner Platzk, ein Freund von mir bis zu seinem Tod 1980, war während des Krieges als Funkmeister bei der U-Bootwaffe.

Er wurde in dieser Zeit dreimal im Mittelmeerraum versenkt und konnte sich nur durch Ausstoß aus dem Torpedorohr retten. Diese altgedienten Unteroffiziere und Offiziere waren schon in der Seepolizei und dann in der aus ihr gebildeten Kasernierten Volkspolizei/Volkspolizei See mit die ersten Fachausbilder. Neu ausgebildete Offiziere und Unteroffiziere als Fachausbilder waren noch sehr rar.

Da wir jungen Angehörigen der jetzigen Seestreitkräfte als Kinder oder Jugendliche ja zum Teil den Krieg mit seinen verheerenden Folgen erlebt hatten, haben wir uns damals geschworen, alles in unserer Kraft stehende zu tun, daß nie wieder ein Krieg im Leben unseres Volkes möglich sein kann. In diesem Sinn wollten wir bei der Ausbildung und Erziehung junger Matrosen wirken. Wir waren überzeugt, durch unsere Tätigkeit bei den bewaffneten Organen der DDR zur Erhaltung des Friedens mit beizutragen.

Inzwischen war meine Kandidatenzeit, die zu diesem Zeitpunkt aufgrund meiner mehrmaligen Versetzung in andere Dienststellen bereits fast zwei Jahre betrug, abgelaufen. Die Parteileitung drängte daher auf meine baldige Aufnahme als Mitglied. Auf einer Mitgliederversammlung wurde ich dann als Mitglied der SED aufgenommen und durch die Parteikontrollkommission bestätigt. Ich hatte in den nachfolgenden Jahren bis 1970 mehrere Wahlfunktionen in der Partei inne. So als Parteigruppenorganisator, als Parteisekretär einer Grundorganisation, als Mitglied der Zentralen Parteileitung (Status einer Kreisleitung) und Vorsitzender der Revisionskommission der damaligen Flottenschule Parow. 1963 wurden die beiden Dienststellen, die Flottenschule Parow und die Offiziersschule der Volksmarine auf der Schwedenschanze zu einer Dienststelle, der Offiziersschule der Volksmarine mit Objekt 1 (Schwedenschanze) und Objekt 2 (Parow) zusammengefaßt. Waren bis zu diesem Zeitpunkt die gewählten Mitglieder von Parteileitungen, der Revisionskommission und anderen Arbeitsgruppen vorwiegend aus Mannschafts- und Unteroffizierskreisen als auch dem Kreis der Zivilbeschäftigten vertreten, begann man ab etwa dieser Zeit, wahrscheinlich auf Weisung übergeordneter Partei- und Politorgane, in solche Funktionen, und nicht nur in Parteifunktionen, immer mehr Personen mit höheren Dienstgraden, einschließlich einiger Kommandeure, zu wählen bzw. zu kooptieren, wenn ihre Wahl nicht möglich war. So konnte es daher nicht mehr angehen, daß ein Stabsobermeister der Vorsitzende einer Revisionskommission war, wenn in dieser als weitere Mitglieder nur ausschließlich höhere Stabsoffiziere waren. Ich wurde daher von meiner Wahlfunktion entbunden und ein Kapitän zur See wurde zum Vorsitzenden bestimmt. Ich war in dieser Revisionskommission das einzige Mitglied mit niedrigem Dienstgrad. In meiner vorherigen Wahlfunktion als Vorsitzender der Revisionskommission hatte ich in der Flottenschule Parow bei durchgeführten Kontrollen aufgedeckte Mißstände ohne Ansehen der Person auch offen als solche benannt und der übergeordneten Revisionskommission im Kommando der Volksmarine in Rostock gemeldet. In der jetzigen Kommission nahm ich als Mitglied auch an Revisionen teil. Bei einer solchen Revision wurden auch Mißstände aufgedeckt. Im Bericht, der nach Rostock gehen sollte, wurde diese Tatsache mit offizieller Duldung durch den damaligen Leiter der Politabteilung, Kapitän zur See Heß, verschwiegen, worauf ich mich weigerte, diesen Bericht mit zu unterschreiben. Mir wurde entgegengehalten, daß man seine schmutzige Wäsche selbst wäscht und nicht in Rostock. Ich verweigerte weiterhin meine Unterschrift. Dies nahm man zum Anlaß, mich bei der nächsten Delegiertenkonferenz nicht mehr als Kandidaten für die neu zu wählende Revisionskommission aufzustellen und mich auch nicht zur Delegiertenkonferenz als Delegierter zu wählen. Auf Anfragen anderer Delegierter zu meiner Person wurde mit der lapidaren Bemerkung geantwortet: Wir wollen den Genossen Frömmel in seiner verantwortungsvollen militärischen Tätigkeit von der zusätzlichen Arbeit als Parteifunktionär entlasten. So leicht ging es, einen Genossen von einer Funktion fernzuhalten, wenn dieser nicht bereit ist, aufgedeckte Mißstände zu verschweigen und die Schönfärberei mitzumachen. Damit waren die neu gewählten Mitglieder der Revisionskommission, durchweg alle höhere Stabsoffiziere, unter sich und konnten ihre Schönfärberei nach Oben ohne Störungsfaktor nun weiter betreiben. Ich habe mich daher in den folgenden Jahren auch nicht mehr bemüht, eine Parteifunktion zu erhalten. Es war unter solchen Gegebenheiten auch sinnlos geworden. Bei verschiedenen Erscheinungen oder Maßnahmen, die man als falsch erkannte, war es besser von vornherein zu schweigen und zu resignieren um nicht unangenehm anzuecken und zum Märtyrer zu werden. Dabei sollte die Parteileitung und andere Kommissionen dem Kommandeur und der Leitung der Dienststelle als hilfreiches beratendes Organ bei der Erfüllung der Aufgaben und gleichzeitig auch im Interesse der Partei und der Arbeiterklasse ein Kontrollinstrument über die Umsetzung der Parteibeschlüsse durch ihn bzw. der Leitung sein. Wenn aber ein Kommandeur oder ein Mitglied der Leitung der Dienststelle selbst eine Funktion dieser Art bekleidet, die ihn beraten als auch gleichzeitig in der Durchsetzung der Beschlüsse der Partei kontrollieren soll, konnte die Partei nach meiner Auffassung diese Aufgabe nicht mehr erfüllen.

Seit 1956 gehörte ich als Ausbilder zum Fachgebiet Funk in der damaligen Flottenschule Parow bei Stralsund. Der Leiter dieses Fachgebietes war damals Leutnant zur See Horst Budwig, sein Stellvertreter Unterleutnant zur See Siegfried Ludwig. Dann gehörten noch die Oberfunkmeister Platzk, Bothe, Bonhoff, Schmidt und Maskow als Funkausbilder dazu. Budwig, Ludwig, Platzk, Bothe, Bonhoff und Schmidt waren ehemalige Kriegsmarineangehörige. Wir alle waren eine gute Mannschaft, nahmen unsere Aufgabe, gute Funker für die Flotte heranzubilden, ernst. Und wir waren eine trinkfeste Truppe. Es gab immer etwas nach Dienstschluß zu feiern. Mal einen Einstand, mal einen Ausstand eines Ausbilders, oder einfach einen Geburtstag. Daher wurde von den anderen Fachgebieten unser Fachgebiet nur noch das *Fachgebiet Prost* genannt. Was aber nicht heißen soll, daß die anderen Fachgebiete in dieser Frage uns gegenüber zurückstanden. Die Erfüllung unserer dienstlichen Aufgaben litt aber darunter nicht.

Auch in der aufkommenden Neuererbewegung haben wir als Ausbildungskollektiv mitgewirkt. Unsere Ausbildungsbasis war in der Anfangszeit noch recht einfach. Sie bestand für die Hör- und Gebeausbildung nur aus ein paar Tonfrequenzgeneratoren mit Lautsprechern, einer geringen Anzahl Kopfhörer und Morsetasten. Funkgeräte waren nur in geringer Anzahl da. So zum Beispiel als Empfänger der Wehrmachtsempfänger Lo-6-K. Als Sende- und Empfangsgerät die Seefunkanlage SFA 100. In anderen Fachgebieten sah es nicht besser aus. Die Anzahl der halbjährlich auszubildenden Matrosen zum Funker betrug etwa 120 Mann. Eine fachgerechte Ausbildung konnten wir daher nicht durchführen. Um diesen Zustand zu verändern, baute ich in der Freizeit im Rahmen der Neuererbewegung vier Funkpolygone mit je 30 Plätzen und richtete damit vier Klassenräume ein. Es konnte nun eine bessere Funkausbildung durchgeführt werden. Der Mangel an Ausbildungsplätzen und Ausbildungsmöglichkeiten war aber insgesamt damit noch nicht behoben. Wir brauchten eine umfassendere Ausbildungsbasis zur Ausbildung von Matrosen und Maaten in den Fachrichtungen Funk, Funkmeß und Hydroakustik. Auch fehlten uns entsprechende Ausbilder.

Wir wenigen Ausbilder waren in diesen Jahren rund um die Uhr wie man so sagt, im Ausbildungsprozeß eingespannt. So setzten wir Ausbilder uns zusammen und erarbeiteten ein Projekt für eine entsprechende Ausbildungsbasis. Durch das Kommando der See-

Hörausbildung in einer von mir mit Funkpolygon ausge-
rüsteten Klasse

streitkräfte in Rostock wurde unser Projekt genehmigt und die
Industrie mit der Realisierung beauftragt. Nach dem Aufbau der
Ausbildungskabinette und Klassen hatte nun die Flottenschule eine
moderne Ausbildungsbasis in diesen Fachrichtungen zur Verfügung. In den sechziger Jahre haben wir ein Testverfahren entwickelt, welches uns gewährleistete, bei der Auswahl von Matrosen
für die Funkausbildung solche zu finden, die auch wirklich gut dazu
geeignet waren. Die guten Ergebnisse in der Funkausbildung der
folgenden Jahre bestätigten unser Testverfahren. Bei einem Flotten-
besuch der Baltischen Rotbannerflotte wurde durch den damaligen
Chef des Stabes im Kommando der Volksmarine das Testverfahren
dieser Flotte als Gastgeschenk überreicht, die es dann ebenfalls bei
sich einführten.
Dem Kollektiv gehörten damals der Kapitänleutnant Budwig Horst
und Kapitänleutnant Ludwig Siegfried, Stabsoberfunkmeister Ernst
Gerhard, Oberfunkmeister Sauckel Theodor und ich, Stabsoberfunkmeister Frömmel Simon an.
Am 3. November 1960 wurden auf Beschluß der Regierung der
DDR die Seestreitkräfte in Volksmarine umbenannt. Damit wurde
das Vermächtnis der revolutionären Matrosen der Volksmarine-
division des Jahres 1918/19 erfüllt. Schon mit der Umbenennung der
Volkspolizei See in Seestreitkräfte waren so nach und nach auch
verschiedene neue Dienstvorschriften erlassen bzw. eingeführt
worden, die den Dienstbetrieb den Bedingungen als Seestreitkräfte
anpaßten. In den Jahren danach wurden zusätzliche neue Dienstgrade eingeführt. So der Dienstgrad Stabsobermeister (bei den

Neuererkollektiv der Flottenschule. Von links: Ich, Oberfunkmeister Sauckel, die Kapitänleutnante Budwig und
Ludwig, Stabsoberfunkmeister Ernst

Land- und Luftstreitkräften Stabsfeldwebel) und in den siebziger
Jahren die Fähnrichsdienstgrade. Der Dienstgrad Stabsobermeister
in der Volksmarine war mit Wirkung vom 1. Januar 1961 eingeführt worden. Ich gehörte mit zu den ersten Berufsunteroffizieren
der Flottenschule, die am 2. Januar 1961 zum Stabsobermeister
befördert wurden. Ende der siebziger Jahre entsprachen die Meisterdienstgrade der zivilen Qualifikation eines Meisters der Volkseigenen Industrie, die Fähnrichdienstgrade eines Fachschulinge-
nieurs und die Offiziersdienstgrade dem eines Diplomingenieurs
bzw. eines Diplommilitärtheoretikers. Die Offiziere schlossen ihre
Offiziersausbildung mit dem Hochschulabschluß ab. Die Fähnriche
erhielten eine ingenieurtechnische Ausbildung. Die Meisterdienstgrade erhielten bei ihrer Ausbildung zum Unteroffizier der Volksmarine die dieser Qualifikation entsprechende Ausbildung.
Während unserer Tätigkeit als Ausbilder wurden auch wir, alle Unteroffiziere und Offiziere, einer ständigen Aus- und Weiterbildung
unterzogen. Diese bezog sich auf die gesellschaftspolitische-, der
fachlichen-, militärischen- und sportlichen Aus- und Weiterbildung.
Absoluten Vorrang hatte dabei die gesellschaftspolitische Aus- und
Weiterbildung. Auch alle Zivilbeschäftigten, besonders die FDJ- und
Parteimitglieder, mußten an einer entsprechenden parteipolitischen
Schulung, dem Parteilehrjahr bzw. dem FDJ-Lehrjahr, teilnehmen.
In diesen Schulungen wurden zusätzlich Problemdiskussionen über
die Inhalte von Parteitagen, Parteikonferenzen, ZK-Tagungen und

anderen politischen Maßnahmen durchgeführt. Bei mir entstand der Eindruck, daß, wie man diese theoretischen Problemdiskussionen führte - inhaltlich wurden sie von der Politabteilung vorgegeben, diese Diskussionen an der Realität im wirklichen Leben vorbeigingen, sie keinerlei Bezug zur realen Gegenwart hatten. Sie ergaben nach meiner Ansicht ein Wunschmodell, welches in unserer Gegenwart nicht umsetzbar war. Halbjährlich bzw. jährlich wurde dann eine Überprüfung des Standes des Wissens und Könnens in allen diesen Fächern durchgeführt. Anhand der Ergebnisse wurde dann der politisch moralische, fachliche und militärische Stand der Aus- und Weiterbildung der Armeeangehörigen und Zivilbeschäftigten eingeschätzt.

Unsere Ausbildungsroutine an der Flottenschule wurde dann durch die Maßnahmen des 13. August 1961 unterbrochen, dem Tag, an dem die DDR-Regierung die Grenze zu Westberlin durch den Mauerbau sichern ließ. Sehr zeitig an diesem Sonntagmorgen wurde plötzlich in unserer Dienststelle Gefechtsalarm ausgelöst. In aller Eile wurde begonnen uns mit der bis dahin nicht strukturmäßigen Maschinenpistole (MPi) Kalaschnikow auszurüsten. Auch ein voller Kampfsatz scharfer Munition wurde ausgegeben. Das war für uns etwas Neues. Bisher wurde bei Alarmauslösungen noch nie scharfe Munition mit ausgegeben. Das machte uns alle sehr nachdenklich. An einen Kriegsausbruch wagten wir nicht zu denken, obwohl in der damaligen Zeit viel in der Bevölkerung, hauptsächlich auf dem Land, davon gesprochen wurde, daß wohl wieder einmal ein Kriegsausbruch bevorstehe. Es wären ja nun schon bald zwanzig Jahre nach Ausbruch des letzten Krieges vergangen, so wie nach dem Ersten Weltkrieg, als dann der Zweite Weltkrieg ausbrach. Wir wurden daher in jener Zeit als Agitatoren auf die Dörfer geschickt um mit den Menschen zu sprechen und ihnen zu sagen, daß ein Krieg nicht bevorsteht und unsere Aufgabe als Volksarmee mit darin besteht, dies verhindern zu helfen. Im Jahr danach war ja auch eine sehr ernste Konfrontation durch die Stationierung sowjetischer Raketen auf Kuba zwischen der Sowjetunion und den USA entstanden, die zu einem Kriegsausbruch zwischen den beiden Militärblöcken hätte führen können.

Alle diese Aktionen führten in diesen Jahren in der NVA als auch in der Bevölkerung zu einer äußerst angespannten Lage. Dann hörten wir die ersten Meldungen im Rundfunk. Nun kannten wir so einigermaßen die Situation. Etwa eine Woche lang war bei uns Gefechtsbereitschaft, dann kam die Entwarnung. Die Waffen und die Munition wurden auf der Waffenkammer abgegeben, der tägliche normale Dienst wieder aufgenommen. In den nachfolgenden Wochen wurden wir alle dann mit der MPi Kalaschnikow, als unsere nunmehr strukturmäßige Waffe, ausgerüstet und an ihr ausgebildet. In den Jahren meiner Tätigkeit als Ausbilder in dieser Dienststelle habe ich mit den anderen Funkausbildern viele junge Matrosen und Maate zu Funkern für die Flotte und die Küstendienststellen der Volksmarine ausgebildet.

Auch persönliche Freundschaften zwischen den auszubildenden Matrosen einerseits und den Ausbildern andererseits bildeten sich heraus. So auch bei mir. Ich freundete mich mit zwei Matrosen, die als Funker ausgebildet wurden, an. Das waren die Matrosen Heinz Koch und Dieter Kobaltz. Heinz Koch war ein gebürtiger Stralsunder. Beide wurden sehr gute Funker und legten etwa ein Jahr nach ihrer Ausbildung zum Funker eine externe Maatenprüfung ab, die sie erfolgreich bestanden. Sie wurden später sogar Offizier der Volksmarine. So war Heinz Koch viele Jahre bis zur Auflösung der Volksmarine als Lehroffizier bei der Ausbildung von Funkern in der damaligen Flottenschule tätig. So schön auch eine derartige Tätigkeit mit jungen Menschen war, mich zog es aber immer mehr zur Technik. Aufgrund der mir in meiner Freizeit angeeigneten Kenntnisse im Reparaturwesen elektronischer Geräte wurde mir die Aufgabe zugewiesen, eine Nachrichtenwerkstatt in der Flottenschule Parow aufzubauen und in der weiteren Zeit alle anfallenden Reparaturen an Funk-, Funkmeß- und hydroakustischen Geräten und Anlagen der Dienststelle durchzuführen. Mir unterstanden dabei noch zwei Unteroffiziere, Meister Kutzera und Obermaat Rinza, die ich zum Mechaniker heranbilden sollte. Diese Werkstatt sollte ich in einem kleinen Häuschen, dem sogenannten Hexenhaus, errichten. Dazu wurde dieses Häuschen baulich instandgesetzt und dann von mir als Funkwerkstatt eingerichtet. Dieses Hexenhaus wurde für das nächste Jahrzehnt ein Begriff in dieser Dienststelle. Außer den Reparaturen an den nachrichtentechnischen Ausbildungsgeräten und Ausbildungsanlagen habe ich dort mit meiner Mannschaft alle anfallenden Reparaturen an Radios, Fernsehgeräten etc. der Dienststelle mit durchgeführt.

In dieser Zeit habe ich technisch sehr viele Erfahrungen gemacht und mir ein umfangreiches Wissen sowie Kenntnisse in dieser Branche angeeignet. Bei meiner späteren theoretischen Qualifizierung zum Beruf eines Funkmechanikers und eines Meisters der Volkseigenen Industrie half mir das sehr. Auf Vorschlag von mir gingen wir in der Folgezeit dann dazu über eine gefechtsnahe Hörausbildung durchzuführen, um die Schüler von Anfang an bei der Steigerung und Festigung des Hörtempos auch an atmosphärische Störungen mit zu gewöhnen. Bei der vorhergehenden Ausbildungsvariante mit dem Summerton hatten die Matrosen beim Einsatz als Funker in der Flotte aufgrund der atmosphärischen Störungen beim Empfang von Morsezeichen einen über eine längere Zeit anhaltenden Leistungsabfall. Sie waren Störungen dieser Art beim Hören der Morsezeichen ja nicht gewohnt. Dazu richtete ich im Hexenhaus einen Senderaum ein. Ich baute vier Kleinsender mit vier Festfrequenzen, die mir das Kommando der Volksmarine zugewiesen hatte. Über diese Sender wurden nun Morsezeichen unterschiedlicher Geschwindigkeit gesendet. Die Morsezeichen wurden von vier Tonbandgeräten abgespielt, mittels eines von mir entwickelten Impulstasters gleichgerichtet und durch diese Impulse dann der jeweilige Sender getastet. So konnten auf Anforderung der Empfangszentrale Morsezeichen in vier verschiedenen Geschwindigkeiten zu gleicher Zeit auf unterschiedlichen Frequenzen auf Empfängern empfangen und auf die Plätze in den Hörklassen gelegt werden.

Bei meiner Tätigkeit in der Funkwerkstatt soll ich einmal in das Visier der Staatssicherheit der Dienststelle, der Verwaltung 2000 - Militärische Abwehr - geraten sein. Ein Schwarzsender hatte einige Mal einen Ruf: „Hier ist der Freiheitssender Parow" gesendet. Dieser Ruf wurde wahrscheinlich von der Funküberwachung der Volksmarine, die ja der Staatssicherheit unterstand, in diesem Parower Raum ermittelt, in dessen Bereich auch meine Funkwerkstatt lag.

1996 erhielt ich einen Telefonanruf eines ehemaligen Angehörigen der Flottenschule, Hans-Joachim Bickel aus Brandenburg, der mir mitteilte, daß er diesen Ruf aus dem Rundfunkstudio der Dienststelle mit einem selbst gebauten Sender gesendet hat. Dieses Studio lag in unmittelbarer Nähe meiner Funkwerkstatt. Er kannte mich persönlich, da er bei uns zum Funker ausgebildet wurde und wußte, daß ich im Hexenhaus tätig war. Nach seiner Ausbildung war er im Rundfunkstudio der Dienststelle eingesetzt worden. Personell und materiell gehörte das Rundfunkstudio zur Politabteilung der Dienststelle. Er entschuldigte sich bei mir für das Ungemach, das ich aufgrund der Beobachtung durch die Staatssicherheit gehabt hätte. Da er später selbst Angehöriger des MfS wurde, hat er von dieser Sache Kenntnis erhalten, Nachforschungen angestellt und dabei erfahren, daß es bei der Staatssicherheit einen operativen Vorgang zu dieser Sache mit Nennung meines Namens als Hauptverdächtigen gab und ich auch verdächtigt wurde, mit NATO-Dienststellen in Funkkontakt zu stehen. Das wurde mir nach der Wende durch einen höheren Offizier der Offiziershochschule auch bestätigt. Der sagte mir, es wurde in bestimmten Kreisen gemunkelt, ich stände im Verdacht, daß ich „NATO-Funker" wäre. Er gab mir auch den Rat, meine Staatssicherheitsakte anzufordern. Heute, nach Kenntnis dieser Tatsachen und der Kenntnis des Inhaltes meiner Staatssicherheitsakte kann ich nur lachen. Ich mußte der Staatssicherheit wohl ganz schöne Sorgen bereitet haben, daß sie mich trotz aller Mühe ihrerseits und drei angesetzter IM`s nicht überführen konnte. Aber wie sollten sie dies denn auch können? Ich hatte ja weder zu Nachrichtendiensten der NATO noch anderen westlichen Diensten je einen Kontakt oder Funkkontakt.

Hans-Joachim Bickel selbst war nicht in Verdacht gekommen. Daher seine gegenwärtige Entschuldigung bei mir.

Durch den Telefonanruf erinnerte ich mich vage an diese Sache. Es kursierten damals entsprechende Gerüchte über einen Schwarzsender in der Dienststelle. Ich kann mich auch noch an Besuche von Offizieren der Staatssicherheit in meiner Funkwerkstatt erinnern und an technische Fragen, die sie an mich stellten. Ich hatte keinerlei Verdacht, daß das Erscheinen dieser Offiziere mir galt. Das ich danach weiterhin unter Beobachtung durch das MfS stand und Informelle Mitarbeiter (IM) des MfS auf mich angesetzt waren, ist mir nach der Wende bestätigt worden.

Mit der mir übertragenen Aufgabe hatte ich nun das gefunden, was mir schon lange lag, die Technik und ihre Instandsetzung.

Im Laufe der Jahre las ich jede Menge Fachliteratur und eignete mir autodidaktisch immer mehr Kenntnisse und praktische Fertigkeiten auf dem Reparaturgebiet sowie weitere Kenntnisse bei der Entwicklung und dem Bau kleinerer elektronischer Geräte an. Ich war in der Lage, alle nun anfallenden Reparaturen an unseren Geräten und Anlagen durchzuführen. Das brachte mir den Ruf eines Spezialisten für funktechnische Geräte und Anlagen ein. Später, als wir im Zuge der Modernisierung unserer Technik sowjetische Technik erhielten, wandte ich mich diesen großen Anlagen zu. Das waren Anlagen, die wir Systemanlagen nannten. Zu der jeweiligen Anlage gehörten bis zu 30 Geräte (Ortungsgeräte, Rechengeräte, Kreiselanlagen, Waffen- und Waffenleiteinrichtungen, sowie Stromversorgangsgeräte), die in mehreren Räumen untergebracht waren. Diese Anlagen waren die Funkmeß-Waffenleitsysteme für Raketen-, Torpedo- und Artilleriewaffen, die alle radar- und rechnergeteuert liefen sowie die FFK-Anlagen (Freund-Feind-Kennanlagen), die Nichrom-, Chrom- und Nickel-Anlagen. Es war für mich anfangs etwas problematisch, sowjetische Schaltpläne zu lesen. Zumindest in der Anfangszeit bei der Arbeit mit solchen Anlagen. Sie entsprachen nicht der deutschen Norm. Etwas russisch hatte ich ja in der Barbyer Einheitsschule gelernt. So fiel es mir nicht sehr schwer, mich in die Problematik dieser Schaltpläne einzuarbeiten.

Im Dezember 1960 zog ich, nachdem mir endlich eine Wohnung zugewiesen wurde, mit meiner Familie nach Stralsund. Wir hatten zu dieser Zeit schon drei Kinder, Sabine, Dirk-Holger und Torsten, der beim Umzug erst ein viertel Jahr alt war. Bis dahin konnte ich meine Familie in Barby an der Elbe nur in meinen kurzen Wochenendurlauben, die sehr selten waren, oder bei meinem Jahresurlaub sehen.

Stralsund – die Stadt am Meer und Weltkulturerbe-Stadt

Die Wohnung, die uns zugewiesen wurde, war nicht sehr groß. Sie hatte nur zweieinhalb Zimmer, etwa 60 Quadratmeter. Endlich konnten wir nach 6jähriger Ehe zusammen wohnen. Nun begann auch für uns ein fast normales Familienleben.

Meine Frau Ingeburg ....und unsere sechs Kinder. Die vorderen drei Mädchen, Kerstin, Silke und Grit (von links) wurden in Stralsund geboren

Bei der Erziehung unserer Kinder konnte ich meine Frau nicht so recht unterstützen. Ich mußte morgens schon sehr früh zum Dienst und kam abends auch erst recht spät nach Hause. Ich stand entsprechend der Dienstvorschrift in einem täglichen 24-Stunden-Dienstverhältnis, welches mir gestattete, nach Dienstschluß meine freie Zeit zu Hause bei meiner Familie zu verbringen.
Meine tägliche Dienstzeit betrug in diesen Jahren sehr oft 10 bis 12 Stunden. Dazu kamen meine wöchentlichen 24-Stunden-Dienste in der Dienststelle, so daß mir nur an den freien Wochenenden Zeit für die Familie blieb, was aber auch recht selten der Fall war. Das traf auch zu für die Mithilfe im Haushalt. In diesen Jahren lag in dieser Hinsicht die volle Last der Erziehung unserer Kinder und der Bewältigung der Hausarbeit bei meiner Frau.
Bis 1969 wohnten wir in dieser Wohnung. Sie lag direkt an der Dienststelle Schwedenschanze, der Offiziersschule der Volksmarine, wo ich einige Zeit später meinen Dienst versah.
In den Jahren 1961 bis 1965 wurden unsere Töchter Kerstin, Silke und Grit geboren. Die Wohnung war für so eine große Familie zu klein geworden. Der Leiter für Wohnungswesen sowie mein damaliger Dienststellenleiter, Kapitän zur See Nottrop, sorgten dafür, als die Wohnung des damaligen Konteradmirals Prof. Dr. Nordin in

Stralsund frei wurde, daß ich diese für meine Familie erhielt. Diese Wohnung war unserer Personenzahl angemessen. Sie hatte fünf Wohnräume, mit einer Wohnfläche von 125 Quadratmetern. Die Wohnungsmiete war ja zu DDR-Zeiten extrem niedrig. So betrug die Miete zu der Zeit nur 77,00 Mark. In dieser Wohnung wohnten wir fast auf den Tag genau 25 Jahre. Im Jahr 1994 zog ich wieder mit meiner Frau in eine andere, kleinere Wohnung an der Schweden-schanze. Unsere Kinder waren verheiratet und hatten eine eigene Wohnung, so daß uns eine kleinere Wohnung angemessener er-schien. Wir kehrten also nach 25 Jahren wieder an den Ort unserer ersten Wohnung in Stralsund zurück. Hier wollen wir unseren Lebensabend verbringen.

In meiner Entwicklung gab es 1967 einen Knick. Das war einige Zeit vor meinem Umzug in die größere Wohnung. Meine Frau hatte in Stralsund ein Ehepaar getroffen, mit dem wir an der Schweden-schanze im gleichen Haus zusammen gewohnt hatten. Das Ehepaar war längere Zeit vorher in eine Wohnung in der Innenstadt um-gezogen. Der Mann dieses Paares war Politoffizier bei der Volks-marine. Sie sagten meiner Frau, daß sie eben eine Aufenthalts-genehmigung für ihren Vater, der in der BRD wohnt, bekommen hätten. Meine Frau beantragte daraufhin bei dieser Behörde eben-falls eine Aufenthaltsgenehmigung für ihre Mutter und jüngste Schwester, welche in Hamburg wohnten. Sie erhielt diese, obwohl sie der Behörde sagte, daß ich Angehöriger der bewaffneten Organe der DDR bin. Am Abend teilte sie mir dies mit. Was sollte ich nun tun. Mir und meiner Familie war ja jeglicher Westkontakt bei Strafe verboten. Kam durch Zufall mal ein solcher Kontakt zustande, mußte ich dies sofort meiner Dienststelle melden. Die wieder setzte, soweit ich das weiß, die Verwaltung 2000 - die militärische Abwehr des MfS in meiner Dienststelle - davon in Kenntnis. Geheim halten konnte ich eine solche Sache nicht. Wir wohnten in einem Haus unmittelbar am militärischen Objekt Schwedenschanze, der dama-ligen Offiziersschule der Volksmarine in Stralsund. Jeder der Be-wohner der umliegenden Häuser - alle Männer dieser Familien waren Offizier oder Unteroffizier bei der Volksmarine - hätte sofort mitbekommen, wer diese Personen sind. Schon meine Kinder hätten darüber zu anderen Kindern der Wohngegend gesprochen. Das geheim zu halten, hätte für mich sehr, sehr schlimme Folgen gehabt. Wir alle wurden ja halbjährlich über die DV 10/9 belehrt und muß-ten darüber unterschreiben. Diese Dienstvorschrift beinhaltete unter anderem die Unterlassung jeglicher Westkontakte durch Angehörige der NVA und deren Familienangehörige sowie die Meldepflicht wenn ein solcher Kontakt gewollt oder ungewollt zustande kam. Ich war gezwungen, die Sache meinem Vorgesetzten zu melden. Ich fragte ihn, soll ich in dieser Zeit in der Dienststelle wohnen und schlafen, oder zu Hause bei meiner Familie? Oder soll meine Frau ihrer Mutter schreiben und ihr mitteilen, daß sie nicht kommen dürfe? Und andere diesbezügliche Fragen. Dieser Vorgesetzte schickte mich mit meinen Fragen zum nächsthöheren Vorgesetzten und so ging es weiter. Keiner konnte mir sagen oder wollte mir sagen, was ich nun machen sollte. Alle, auch der MfS-Offizier, zu dem ich verwiesen wurde, zuckten nur die Schultern und meinten: Ja, rein menschlich ist das alles verständlich. Sie sagten mir aber nicht, wie ich mich weiter verhalten sollte außer, daß eine schriftliche Absage meiner Frau an ihre Mutter auf keinen Fall erfolgen dürfe. Ich glaube, es wäre, nachdem meine Schwiegermutter und meine Schwägerin hier waren und wieder nach ein paar Tagen zurückfuhren, auch nichts auf mich zugekommen, wenn nicht ein in der Nachbarschaft wohnender Offizier, ein Korvettenkapitän Hummel, darüber eine offizielle Anzeige erstattet hätte. Solche Typen finden sich immer wieder. Ein Bekannter von mir sagte mir in diesem Zusammenhang: „*Meide die Dummen, denn diese sind gefährlich. Dynamit explodiert nur einmal, die Dummen aber täglich!*"

Diese Anzeige führte nun dazu, daß ich plötzlich der Verbrecher war, ein Verräter, zu dem man keinerlei Vertrauen mehr haben darf. Ich wurde sofort von meinen gesamten Dienstpflichten entbunden und einem Verhör durch Offiziere meines Bereiches unterzogen. Es begann gegen mich und meine Familie ein regelrechtes Kesseltreiben. Durch einen höheren Offizier meines Bereiches, einen Fregattenkapitän Loscheck, wurden über uns in der Nachbarschaft Auskünfte eingeholt, wie wir uns verhielten, was wir so allgemein erzählten und vieles andere mehr. Die Nachbarn erzählten das natürlich sofort meiner Frau. Wir waren soweit, daß meine Frau zur Staatssicherheitsdienststelle in der Stadt ging und dort sagte, wenn dieses Kesseltreiben nicht aufhört, dreht sie den Gashahn auf und bringt sich und unsere Kinder um. Wir nahmen damals an, das alles geschehe auf Weisung der Staatssicherheit. Schlagartig hörte dann alles gegen uns auf. Ich wurde sofort vom Kommandeur meiner Einheit nach Hause geschickt, um mit meiner Frau zu sprechen, sie zu beruhigen. Später erfuhren wir dann, daß dieses Treiben nur von Fregattenkapitän Loscheck ausging. Nach mir zugegangenen Informationen soll Fregattenkapitän Loscheck selbst einige Zeit vorher seinen Vater aus der BRD heimlich zu Besuch gehabt haben. Nach Kenntnis dieser Sachlage war es für mich unverständlich, daß er gegen meine Familie und mich derart vorging. Obwohl ich den bevorstehenden Besuch meiner Schwiegermutter und meiner Schwägerin meinem Vorgesetzten in der Dienststelle gemeldet hatte, wurde ich streng bestraft, sowohl dienstlich als auch von der Mitgliederversammlung der Partei auf Weisung der Parteikontrollkommission (PKK) und der Politabteilung der Dienststelle, denn ich war ja Genosse. Es war für alle offensichtlich, daß, wie man in meinem Fall handelte, man mit meiner Bestrafung ein Exempel statuieren wollte, um andere Unteroffiziere und Offiziere (mit mir hatten gleichzeitig 19 Offiziere der Dienststelle Westkontakt) vor Aufnahme von Westkontakten abzuschrecken. Dienstlich bestraft zu werden hatte gewissermaßen seine Rechtfertigung, da ich ja gegen die Dienstvorschrift 10/9 verstoßen habe, die jeglichen Westkontakt untersagte, auch wenn ich ihn gemeldet hatte. Aber parteilich war eine Bestrafung nicht gerechtfertigt. Sie konnten sie nur so begründen, daß ich ein dienstliches Vergehen begangen und daher als Genosse das Ansehen der Parteiorganisation geschädigt hätte. Nun ja, was soll es. Ich habe es hingenommen. Es war ja doch nicht zu ändern. Eine dienstliche und auch parteiliche Strafe konnte nach Ablauf eines halben Jahres bei guter Führung aus der Kaderakte bzw. den Parteiakten gestrichen werden. Bei dienstlichen Strafen erfolgte dies laut Befehl des Vorgesetzten. Bei parteilichen Strafen mußte dazu jeweils vom Mitglied ein Antrag auf der Mitgliederversammlung gestellt werden. So war es auch bei mir. Ich wurde aufgefordert, einen Antrag zur Streichung der Strafe zu stellen. Daraufhin sagte ich der Parteileitung: "Ich habe keinen Antrag zum Aussprechen einer Strafe gestellt, also werde ich auch keinen zur Streichung der Strafe stellen". Meine Parteistrafe wurde dann auch ohne einen Antrag von mir gestrichen. Man setzte mich für das nächste halbe Jahr in der Werkzeugausgabe einer Motorenhalle ein, wo ich täglich an die Matrosen der Fachrichtung Schiffsmaschinen Zangen, Schraubendreher, Hämmer und andere Werkzeuge ausgeben und bei Beendigung der Ausbildung wieder einnehmen mußte. Das alles führte dazu, daß sich etliche meiner Kameraden aus dem Kreis der Stabsobermeister darüber aufregten und Einspruch erhoben. Ändern konnten aber auch sie nichts. Sie alle erhielten nur deswegen einen dienstlichen Verweis.

Vor diesem Ereignis war ich angesprochen worden, ob ich bereit wäre, für fünf Jahre mit meiner Familie nach der Republik Sansibar - das waren die Inseln Sansibar und Pemba in Ostafrika - kommandiert zu werden, um dort als funktechnischer Berater der sansibaresischen Marine zu arbeiten. Wir haben damals in Parow die Offizierskader und Unteroffizierskader der sansibaresischen Marine ausgebildet. Ich sagte zu und wurde zu einem in Parow durchgeführten Englischkurs abkommandiert, um die Grundkenntnisse in dieser Sprache zu erlernen, da in Sansibar umgangssprachlich die englische Sprache vorherrschend war. Dieses Kadergespräch führte mit mir Fregattenkapitän Horst Schulze (von uns scherzhaft Fußball-Schulze genannt, da er ein fanatischer Fußballspieler war) im Auftrag der entsprechenden Fachabteilung im Kommando der Volksmarine. Soweit mir noch in Erinnerung ist, war er für die Ausbildung der sansibaresischen Kader zuständig. Durch den Besuch meiner Schwiegermutter und Schwägerin 1969 wurde durch das Kommando der Volksmarine eine Kommandierung meiner Person nicht mehr in Erwägung gezogen. So wurde es mir jedenfalls durch einen höheren Vorgesetzten mitgeteilt. Später, in den neunziger Jahren, erfuhr ich dann, daß die militärische Abwehr der Staatssicherheit unserer Dienststelle eine Kommandierung von mir verhinderte mit der Begründung, ich würde eine Kommandierung in diese Region nutzen, um mit meiner Familie republikflüchtig zu werden. Wie diese Staatssicherheitsdienststelle zu dieser Auffassung kam, kann ich nicht sagen. In meinen Augen war das blanker Unsinn. Ich hatte, trotz meiner kritischen Haltung zu auftretenden Problemen nie die Absicht, meinen Staat, denn als solchen betrachtete ich damals die DDR, durch eine Republikflucht meinerseits zu verraten. Zwei andere Stabsobermeister sind dann an meiner Stelle nach Sansibar kommandiert worden.

Nach Ablauf eines halben Jahres in der Werkzeugausgabe wurde ich zur Offiziersschule an der Schwedenschanze versetzt. Hier setzte man mich in der Technischen Basis, in den Labors für elektrische und elektronische Bauelemente, Verstärkertechnik und Impulstechnik, als Laborleiter ein. Meine Aufgabe bestand darin, durch Bereitstellung aller materiellen Mittel, wie elektrische und elektronische Bauelemente, Baugruppen der Verstärker- und Impulstechnik, die ich selbst aus den vorhandenen elektrischen und elektronischen Bauelementen bauen mußte, sowie der notwendigen Meßtechnik, die praktische Ausbildung der Offiziersschüler sicherzustellen, die Offiziersschüler beim Aufbau der Meßschaltung zu unterstützen und sie anzuleiten. Für mich war das ein relativ neues Betätigungsfeld. Ich hatte bisher nur Meister, Maate und Matrosen ausgebildet. Das Ausbildungsniveau bei der Ausbildung von Offiziersschülern war entsprechend weit höher. 1969 wurde ich dann in den geheimsten Bereich der Dienststelle, das Raketenkabinett versetzt.

Bei einem privaten Gespräch mit dem damaligen Kommandeur der Offiziersschule, Konteradmiral Irmscher, stellte ich ihm gegenüber fest, daß ich 1967 und auch heute immer noch der gleiche Mensch sei. Warum wurde ich damals aus allem, was VVS- und GVS-Charakter trug, herausgenommen und jetzt, nach dieser kurzen Zeit wieder für eine VVS- und GVS-Tätigkeit zugelassen? Er antwortete mir, daß sie wüßten, daß ich kein Verräter bin, aber eine solche Dummheit, aus der BRD Besuch zu empfangen, muß nun einmal bestraft werden. Außerdem hätten sie keinen wie mich, der in diesem Bereich die anliegenden Aufgaben meistern könnte.

Luftaufnahme vom Objekt der ehemaligen OHS der Volksmarine in Stralsund. Nach der Wende 1989 wird das Objekt zur einen Hälfte als Berufsförderungswerk und zur anderen Hälfte als Fachhochschule Stralsund genutzt.

In diesen Jahren wurden an der Offiziersschule, der am 4. Januar 1971 der Status einer Offiziershochschule und 1982 das Diplomrecht erteilt wurde, die Funkmeß-Waffenleitanlagen in Kabinetten eingebaut. Es waren dies die Funkmeß-Waffenleitsysteme 101, 102, 104 und viel später, kurz vor dem Ende dieser Republik, das Funkmeß-Waffenleitsystem 103.

Für diese Systeme waren entsprechend technisch ausgebildete Unteroffiziere zu ihrer Wartung und Instandsetzung wie auch zu Übungen in der praktischen Ausbildung der Offiziersschüler erforderlich. Ich wurde daher in einen anderen Kabinettsbereich versetzt, in den Bereich Artillerie-Funkmeß-Waffenleitsystem, wo ich beim Aufbau des Funkmeß-Waffenleit-Systems 104 die ersten Grundkenntnisse über dieses erhielt. Meine Aufgabe bestand darin, die Anlage so zu Warten, daß sie für die Ausbildung stets einsatzklar war. Wenn es notwendig wurde, mußte ich auch in der Nacht und an Wochenenden arbeiten, um die Anlage für den Lehrbetrieb des nächsten Tages einsatzklar zu machen und auch die praktische Ausbildung der Offiziersschüler, entsprechend dem Ausbildungsplan, an der Anlage übernehmen und durchführen. In den nachfolgenden Jahren übernahmen wir auch die Ausbildung ausländischer Offiziersschüler, vorwiegend aus dem arabischen Raum. Auch bei deren Ausbildung wurde ich mit eingesetzt.

Bei Justierarbeiten am Funkmeßteil
der Funkmeß-Waffenleitanlage

Mit den libyschen Offiziersschülern hatten wir in der Anfangsperiode arge Probleme. Von Disziplin hielten diese Schüler nichts, obwohl uns ihr in der DDR akkreditierter Militärattaché stets sagte, wir sollten sie hart anfassen, sie so recht nach altbewährter preussischer Manier ausbilden. Aber die Schüler waren bei uns und der Attaché weit weg in Berlin.

Diese Schüler waren in der Dienststelle wie unsere Schüler untergebracht. Das akzeptierten sie ja noch. Was sie aber nicht hinnehmen wollten, war, daß sie vom Objekt aus nicht nach Libyen telefonieren durften. Das war entsprechend unseren damaligen Sicherheitsbestimmungen nicht erlaubt. Desgleichen war es mit dem Ausgang. Er sollte so gehandhabt werden wie bei unseren Offiziersschülern. Das brachte die libyschen Offiziersschüler in Rage. Sie alle waren ja Söhne sehr reicher Eltern. Monatlich hatten sie für sich immer ausreichend Dollar zur Verfügung. Mit diesem Geld wollten sie in den Stralsunder gastronomischen Einrichtungen, wie man so sprichwörtlich sagt, einen Affen los lassen und ihren enormen Sexdurst nach blonden Schönheiten stillen. Dem entgegen stand nun die Ausgangsregelung. Gegenüber verantwortlichen Führungsoffizieren dieser Schüler - die eingesetzten Offiziere bei diesen Schülern waren von uns - äußerten sie, daß sie dann eben mit Gewalt abends ausbrechen werden. Der OvD der Dienststelle hatte daher die Anweisung, bei Annäherung mehrerer libyscher Offiziersschüler sofort das Tor zu schließen. Eines Tages war es dann soweit. Die gesamte Gruppe dieser Schüler erschien am Tor und wollte hinaus, was der OvD nicht gestattete. Da sprangen die libyschen Offiziersschüler über das hohe Tor und fuhren mit allen Verkehrsmitteln, die sie antrafen, zum Bahnhof und von dort aus, ohne Fahrkarten zu lösen, nach Berlin zu ihrer Botschaft. Den Verantwortlichen unserer Dienststelle blieb nur noch übrig, die Stralsunder Sicherheitskräfte zu verständigen, die diese Schüler bis Berlin begleiten sollten, sowie auch die Libysche Botschaft davon in Kenntnis zu setzen. Tags darauf wurden diese Offiziersschüler von dem libyschen Botschaftspersonal zurück zur Offiziershochschule nach Stralsund gebracht. Einigen ihrer Forderungen wurde dann nachgegeben und mit der Zeit gewöhnten wir uns alle aneinander, so daß wir alle zu guter Letzt gute Freunde wurden. Jeder respektierte den anderen, auch was die religiösen Dinge betraf. In ihrer Fastenzeit, dem Ramadan, wurden sie in den nachfolgenden Jahren in den Urlaub nach Libyen geschickt, da ihr lautes Beten den ganzen Tag über bei unseren Menschen Unverständnis und zum Teil Belustigung auslösten. Dazu kam dann noch, daß die libyschen Offiziersschüler das Vorbeten

ihres geistlichen Anführers mittels einer Verstärkeranlage über-
trugen. Wir kannten bisher diese islamische Bräuche nicht. Zwar
wurden wir vor Beginn der Ausbildung dieser Schüler über einige
ihrer Sitten und Bräuche unterwiesen, was aber nicht ausreichte.
Emotional waren diese Schüler auch anders veranlagt als unsere
Schüler. Unser Küchenpersonal mußte in den Tagen des Ramadan
die ganze Nacht über, von Sonnenuntergang bis zum Sonnenauf-
gang, die Küche besetzt halten, damit sie zu essen und zu trinken
hatten, denn in dieser Zeit war ihnen das Essen und das Trinken
nicht verboten. Was sie am Tage nicht durften, holten sie in der
Nacht doppelt nach. Ich hatte durch meine Ausbildung bei diesen
Offiziersschülern zu einigen von ihnen einen guten bis freundschaftlichen Kontakt. Einer von diesen Offiziersschülern war Nuri,
ein sehr begabter und strebsamer Mensch. Er fand später als Offizier der libyschen Marine den Tod. Er wurde bei einem Luftangriff
durch US-amerikanische Flugzeuge mit seinem Schnellboot in der
Großen Syrte (eine Libyen vorgelagerte Bucht) versenkt. Tief
betroffen habe ich davon Kenntnis erhalten. Bei diesem Angriff sind
zwei weitere libysche Marineoffiziere, die bei uns an der Offiziershochschule ausgebildet wurden, umgekommen. Auch bei deren Ausbildung hatte ich mitgewirkt.
Ein Teil der Ausbildungsstunden unserer Offiziersschüler fand als
Bordausbildung statt. Nachdem 1976 das neue Schulschiff „Wilhelm Pieck", die S61 der Volksmarine in Dienst gestellt wurde,
erfolgte im Frühjahr 1977 die erste Ausbildungsfahrt mit diesem und
in der folgenden Zeit jedes Jahr eine weitere Ausbildungsfahrt.
Diese Ausbildungsfahrten wurden als *Große Fahrt* bezeichnet. An
ihr nahmen die Offiziersschüler der Sektion Seeoffiziere im 3.
Lehrjahr und in den nachfolgenden Jahren auch die Offiziersschüler
der Sektion Schiffsmaschinenoffiziere 2. Lehrjahr teil. Ich bin von
1977 bis 1980 alle Ausbildungsfahrten Große Fahrt dieses Schulschiffes als Fachlehrer für Funkmeß-Waffenleit mitgefahren.
Diese Fahrten begannen und endeten immer in Rostock/War-
nemünde, dem Heimathafen des Schulschiffes. Bei der ersten Ausbildungsfahrt 1977 befuhren wir die gesamte Ostsee bis zum damaligen Leningrad (heute wieder St. Petersburg) und die Nordsee. Auf
diesen Fahrten besuchten wir die Hafenstädte Gdynia, Riga und
Tallin, wo auch Freundschaftstreffen mit polnischen und sowjetischen Seeleuten, sowie Stadtbesichtigungen stattfanden. In den
Jahren danach fuhren wir in das Nordmeer bis nach Murmansk, wo

Das Schulschiff S-61, Wilhelm Pieck, der Volksmarine

ich zweimal war, sowie in das Mittelmeer und Schwarze Meer. Im Bereich der Nordsee und des Atlantiks fuhren wir sowohl an der norwegischen Küste mit ihren Fjorden als auch an der östlichen und westlichen Küste Irlands, Schottlands und Englands entlang.

Unterwegs in der Nordsee in Richtung Murmansk

Auf unserer Route quer durch die Nordsee sichteten wir auch eine norwegische Ölplattform. Wir fuhren näher an diese heran und nahmen sie in Augenschein. Aus der Nähe betrachtet, hatte sie eine recht imposante Größe. Bei unseren Fahrten in die Nordsee, die Barentssee, den Atlantik, das Mittelmeer und das Schwarze Meer verlief die Route durch den Sund, der Meerenge zwischen Dänemark und Schweden, durch das Kattegat und den Skagerrak in die Nordsee und weiter in das entsprechende Seegebiet. Als wir auf unserer Fahrt im Juli 1978 Murmansk anliefen, erlebten wir dort die weißen Nächte. Noch um Mitternacht war es fast taghell und Sonnenstrahlen schienen hinter dem Horizont hervor. Auch die Gezeiten erlebten wir dort zum ersten Mal. Wir hatten unser Schiff an der Pier festgemacht. Bei Ebbe lag es so tief, daß man nur noch die Aufbauten von ihm sah. Bei Flut wiederum so hoch, daß wir kaum über den steil aufragenden Laufsteg das Schiff betreten oder verlassen konnten. Für uns alle war das sehr ungewohnt. In diesem Seebereich betrug der Tidenhub etwa 4 Meter.

Die S 61 an der Pier im Hafen von Murmansk bei Ebbe und Flut

Beim zweiten Besuch, 1980, war im Mai in dieser Region noch Winter. Als wir dort in den Hafen einliefen, schneite es. Überall lag Schnee. Auf der Barentssee und der Kolabucht trieb Eis. Die Luft war sehr kalt. Die zivile Bevölkerung als auch die Angehörigen der sowjetischen Marine dort oben trugen noch ihre Winterbekleidung. Nur wir kamen dort in unserer Sommerbekleidung an. Die wenigsten von uns hatten sich entsprechende Unterwäsche mitgenommen. Wir alle froren sehr. Die sowjetischen Marineangehörigen wie auch die Bevölkerung sagten zwar dazu nichts zu uns, aber wir merkten es

Begegnung mit Packeis in der Barentssee

ihnen an, daß sie uns bemitleideten. Entsprechend unserer Dienstvorschrift begann das Sommerhalbjahr bei uns am 1. Mai jeden Jahres. Für unsere Vorgesetzten war die Dienstvorschrift, die für diese Zeit die Sommerbekleidung festlegte, maßgebend und mußte unbedingt eingehalten werden, unabhängig von der von uns befahrenen Region und dem dort vorherrschenden Wetter.

So war es auch, als wir das erste Mal in die Mittelmeerregion fuhren. Das war in den Monaten Juni/Juli 1979. Dort waren wir wegen unserer, für diese Region nicht angepaßten Bekleidung, einer großen Hitze ausgesetzt.

Im Mittelmeer bei schönem Sonnenschein

Eine entsprechende Erleichterung in Fragen der Anzugsordnung gab es nur während der Fahrt im Mittelmeer dahingehend, daß wir nur Turnhose und Turnschuhe und als Kopfbedeckung den weißen

Mützenbezug unserer Schirmmütze tragen durften. Und das auch erst, nachdem wir einem sowjetischen Kriegsschiff im Mittelmeer, kurz vor der Türkei, begegneten und dessen Seeleute nur mit Turnhose, Turnschuhen und Barett bekleidet waren. Für den Landgang war als Anzugsordnung die erste Garnitur befohlen. Das heißt, die komplette blaue Ausgangsuniform mit weißem Hemd, Schlips und Mütze. Und das bei der dort herrschenden Hitze. Nach jedem Landgang kamen wir schweißgebadet zurück auf das Schiff.

Murmansk ist eine große und schöne Stadt, mit langen und breiten Alleen. Sie besteht zum Teil noch aus alten, bunt bemalten Holzhäusern aus der Zeit des Zaren Peter der Große, die am Berghang stehen. Dann aus großen Prachtbauten, die in der stalinistischen Zeit errichtet wurden, und aus neuzeitlichen großen Bauten. Die Menschen in dieser Region haben einen nur relativ kurzen, dafür aber wärmemäßig sehr intensiven Sommer.

Durch das Kommando der Rotbanner-Nordmeerflotte wurden wir zu einem Besuch des Flottenstützpunktes dieser Flotte in Severomorsk eingeladen. Wir wurden mit einem Bus abgeholt und zum Stützpunkt gebracht. Es war vorgesehen, einen Raketenzerstörer zu besichtigen und mit der Besatzung dieses Zerstörers einen freundschaftlichen Erfahrungsaustausch zu führen. Als wir in diesem Stützpunkt ankamen, staunten wir alle nicht schlecht. Eine derartige Menge von Kampfschiffen fast aller Klassen, vom Kreuzer und Zerstörer bis hin zum Atom-U-Schiff und Atom-U-Boot hatten wir noch nie gesehen. In der ausgedehnten und bogenförmig verlaufenden Bucht lagen an der Pier die Kampfschiffe und Boote der Nordmeerflotte. Das von uns zu besichtigende Schiff war ein Schiff der sowjetischen Jugendorganisation Komsomol. Alle Besatzungsmitglieder, vom Matrosen bis zum Kommandanten waren Mitglieder des Komsomol. Wir alle waren von der uns vorgeführten Kampftechnik sehr beeindruckt. Es wurden uns Waffensysteme gezeigt, die wir als Volksmarine selbst nicht hatten, obwohl es immer hieß, die Sowjetunion liefert uns die modernsten Waffensysteme. Nach der Besichtigung wurde noch schnell ein Freundschaftsfoto vom sowjetischen Begleitoffizier von uns allen gemacht.

Danach ging es zurück nach Murmansk, wo von unserer Delegation eine Kranzniederlegung am Denkmal der Verteidiger des sowjetischen Polargebietes 1941- 1945 durchgeführt wurde. Dieses Denkmal wurde auf dem höchsten Berg vor Murmansk errichtet. Es ist ein aus Beton gefertigtes Monument eines sowjetischen Soldaten.

Unsere Delegation mit Vertretern der Rotbanner-Nordmeerflotte vor
dem besichtigten Schiff des Komsomol

Das Denkmal für die Verteidiger
des Polargebietes

Unser sowjetischer Begleitoffizier erzählte uns, daß die deutschen
Truppen bis kurz vor diesen Berg gekommen waren und dann von
den sowjetischen Verteidigern gestoppt wurden. In der Nähe des
Denkmals standen noch schwere und leichte deutsche Geschütze.
Angebrachte Tafeln erinnerten an die schweren Kämpfe.

Bei unserer zweiten Murmanskfahrt wurden wir nicht mehr nach Severomorsk zum Stützpunkt der Nordmeerflotte eingeladen. Das Schiff des Komsomol lag bei unserem Einlaufen in die Bucht von Murmansk schon dort auf Reede vor Anker zwecks Besichtigung durch unsere Offiziersschüler. Nach Andeutungen unseres sowjetischen Begleitoffiziers hatte es wohl durch die vorschnelle Einladung zum Flottenstützpunkt der Rotbanner-Nordmeerflotte nach Severomorsk für den verantwortlichen Admiral der Nordmeerflotte Konsequenzen dahingehend gegeben, daß er von seinem Kommando abgelöst wurde. Severomorsk war damals eine streng geheime Region, die auch dem Waffenbruder Volksmarine nicht zugänglich sein sollte.

Auf der Rückfahrt von Murmansk in Richtung Heimathafen passierten wir auch die westlich vom Nordkap gelegene Insel Jan Mayen. Dem Namen nach kannte ich diese Insel aus der Abenteuerliteratur. In diesem Seegebiet ist das Nordmeer etwa 4000 bis 5000 Meter tief. Die Insel Jan Mayen ragt wie ein Finger aus Fels aus dem Meer auf und hat eine Höhe über dem Meeresspiegel von etwas über 2200 Metern.

Bei Fahrten in die Mittelmeerregion fuhren wir durch den Kanal. Wir überquerten den Golf von Biskaya, fuhren die spanisch-portugiesische Küste entlang, durch die Straße von Gibraltar in das Mittelmeer und weiter an der nordafrikanischen Küste, über die Große Syrte und dann nordwärts bis Kreta. An der Südseite Kretas entlang und dann durch die Dardanellen - ein Seebereich mit vielen kleinen und großen Inseln, meist aus Fels - in das Marmarameer und den Bosporus ins Schwarze Meer bis zu den Hafenstädten Varna, Constanta und Sewastopol auf der Krim.

Auf dieser Fahrt wurde ich einmal mitten in der Nacht, um 02.30 Uhr, durch den diensthabenden Offizier aus dem Schlaf geweckt und zum Kommandanten auf den Hauptbefehlsstand (HBS - Brücke) gebeten. Wir waren zu dieser Zeit gerade mitten in den Dardanellen, als unsere letzte Navigationsfunkmeßanlage ausfiel. Unser Schiff war vor Anker gegangen. Auf dem HBS angekommen, teilte mir der Kommandant diese Tatsache mit und fragte mich, ob ich in der Lage wäre, die Anlage zu reparieren. Der anwesende Funkmeßoffizier hätte schon versucht diese zu reparieren, aber die Ursache der Störung nicht finden und beseitigen können. Um weiterfahren zu können, benötigte man, zumindest in der Nacht eine solche Anlage. Die Reserveanlage war schon einige Zeit vorher ausgefallen. Ich sagte dem Kommandanten, daß ich es versuchen wolle, die Anlage wieder funktionsbereit zu machen. Es gelang mir. Die Ursache der Störung waren die defekten und verschmorten Schleifringe der Bildablenkspulen. Mittels kupferkaschiertem Material konnte ich eine neue Schleifringfläche herstellen und nach erfolgtem Einbau und Nordjustierung der Anlage diese dem Kommandanten funktionsbereit übergeben. Damit konnte die Fahrt fortgesetzt werden. Kurz vor Sewastopol angekommen, gingen wir auf Reede vor Anker und machten das Schiff für den am folgenden Tag stattfindenden Besuch der sowjetischen Vertreter der Schwarzmeerflotte bereit. Ich kam von Wache und wollte am Abendessen teilnehmen, wozu ich mich in die Offiziersmesse begab und den anwesenden Kommandeur der Fahrt fragte, ob es mir gestattet sei am Abendessen teilzunehmen. Die Messe war räumlich schon für den zu erwartenden Besuch am folgenden Tag hergerichtet. In der Mitte des Raumes die Festtafel. An dieser saßen die leitenden Offiziere des Schiffes. Keiner hatte mit dem Essen begonnen. Der Kommandeur der Fahrt, Kapitän zur See Zähler, sagte zu mir, ich soll zwischen ihm und dem Kommandanten des Schiffes Platz nehmen, denn ich wäre heute der Ehrengast. Ich folgte seiner Weisung. Inzwischen war der Kommandant an meine Seite getreten, mit einem Pokal voller Bier in der Hand. Er sagte, dadurch, daß ich meine Schlafenszeit geopfert und die Anlage wieder betriebsbereit gemacht hätte, wäre durch die Leitung des Schiffes beschlossen worden, mir diesen Pokal mit Radeberger Pilsner, das ich nach ihrer Kenntnis sehr gerne trinke, zu überreichen und nun nach wochenlanger Abstinenz leeren sollte. Ich hätte durch meine gute Arbeit ermöglicht, daß die Fahrt planmäßig fortgesetzt werden könne. Den Pokal könnte ich als Erinnerung an diesen Tag behalten. Ich war ob dieser mir erwiesenen Ehre sprachlos, ließ mir aber dann das Bier gut schmecken. Danach begann das Abendessen. Am folgenden Tag liefen wir in den Hafen Sewastopol ein.

Auch das viel gerühmte Goldene Horn sahen wir. Es ist ein wie ein Horn gekrümmter Seitenarm des Bosporus und leuchtet in der Sonne golden.

Der Bosporus wird bei Istanbul durch eine Hängebrücke in einer Höhe von 60 Metern überspannt, die den europäischen Teil mit dem asiatischen Teil des Festlandes verbindet. Bei unserer Fahrt durch den Bosporus in Richtung Schwarzes Meer mußten wir nach Aussage unseres Kommandanten einen Höhenunterschied von

Durch den Bosporus. Links im Bild die große Hängbrücke,
die den Bosporus überspannt und damit den europäischen
mit dem asiatischen Teil Istanbuls verbindet

cirka 25 Metern überwinden. Im Bosporus selbst herrschte ein reger
Schiffsverkehr. Auch Aufklärungsboote, sowohl türkische als auch
ein US-amerikanisches, wahrscheinlich ein Boot des CIA, aus
dem heraus wir fotografiert wurden, begleiteten uns in diesem Bereich.

Auf unserem Kurs vorbei an der Südseite der Insel Helgoland

Auf der Rückfahrt von dort passierten wir Sizilien, die Sardinien
sowie die Balearen und im Nordseebereich die friesischen Inseln
und auch die Insel Helgoland von der man sagt, sie hätte drei Farben. Der rote Fels, das grüne Land und der weiße Strand, daß wären

die Farben von Helgoland.

Kommt man von Westen und passiert dabei die Insel, so sieht man als erstes den wie ein Finger aus dem Meer ragenden roten Fels vor der Insel, von den Einheimischen die Lange Anna genannt, dann das rote felsige Hochplateau und das sich nach Osten zu senkende grüne Flachland mit dem weißen Strand.

Als Oberfähnrich an Bord des Schulschiffes bei einer Ausbildungsfahrt

Eine stürmische See im Atlantik auf der Höhe der spanisch-portugisieschen Küste

Weiter ging dann die Fahrt durch den Skagerrak, um Kap Skagen in den Kattegat, den Großen Belt und den Fehmarnbelt in Richtung Warnemünde. Diese Ausbildungsfahrten fanden stets im Sommerhalbjahr statt. Sie dauerten gewöhnlich etwa 9 bis 12 Wochen. Über unsere Militärattachés waren diese Fahrten stets allen Anrainerstaaten der Meere, die wir passierten, gemeldet worden. Für eventuelle Notfälle waren Hafenstädte verschiedener Anrainerstaaten benannt worden, die wir glücklicherweise nie anlaufen brauchten. Für mich waren das immer erlebnisreiche aber auch mit viel Arbeit ausgefüllte Tage auf See. Unterwegs sahen wir im Nordmeer Wale, die, als wir näher kamen abtauchten und weiter weg von unserem Schiff wieder an die Oberfläche kamen. Im Mittelmeer und Schwarzen Meer trafen wir auf Delphine, die sich vor dem Bug unseres Schiffes tummelten. Auch Haifische bei Tunesien sichteten wir.

Wir wollten mittels eines entsprechenden Angelhakens auch einen Haifisch fangen, was uns aber nicht gelang. Wahrscheinlich wurden sie durch die Maschinengeräusche vertrieben. Im Mittelmeer sahen wir ganze Schwärme fliegende Fische. Diese kleinen Fische tauchten aus den Fluten auf und schwirrten über die Wellenkämme, etliche 10 bis 100 Meter weit. Und natürlich haben wir auch im Mittelmeer und Schwarzen Meer, auf offener See, gebadet. Wir hatten im Mittelmeer immer schönes Wetter und fast immer eine spiegelglatte See. Am Tage konnte man es vor Hitze kaum in der Sonne aushalten. Die Nächte waren dagegen kühler und für uns besonders angenehm. Im Nord- und Mittelatlantik, im Kattegat und Skagerrak gab es bei unserer Fahrt oft stürmisches Wetter und so manch einer wurde seekrank. Ich war durch meine vorhergehenden Seefahrten so einigermaßen seetüchtig geworden und wurde daher nicht mehr seekrank.

Wir begegneten auch vielen Kriegsschiffen der NATO, darunter im Nordmeer zwei norwegischen Fregatten vom Typ Oslo, die uns einige Zeit lang begleiteten. Im Atlantik, auf der Höhe von Portugal englischen U-Booten. Im Mittelmeer sichteten wir in der Nähe der Türkei einen amerikanischen Flugzeugträger und ihn begleitende Kriegsschiffe. Auch auf heimatliche Frachtschiffe der DSR trafen wir bei unserer Fahrt im Mittelmeer.

Bei unseren Fahrten in die nördlichen und südlichen Breiten wurden an Bord unseres Schiffes beim Passieren des Nullmeridians auf der Höhe der schottischen Küste, bei Aberdeen, sowie des Überquerens des nördlichen Polarkreises Neptunfeste begangen. Durch den Beherrscher aller Meere, Teiche und Tümpel, Neptun, wurde jeder Staubgeborene einer Taufe unterzogen. Für das Zeremoniell wurden aus jeder Dienstgradgruppe zwei bis drei Personen stellvertretend für alle anderen ausgewählt und der recht anstrengenden Prozedur der inneren und äußeren Waschung zum Gaudium der Zuschauer unterzogen. Auch ich wurde auf einer Fahrt einer solchen Taufe unterzogen und auf den Namen Neunauge getauft.

Der Dienst in dieser Zeit an Bord war hart. Vor jedem Auslaufen in Warnemünde wurde See- und Gefechtsklarmachen befohlen. Das bedeutete, rund um die Uhr das Schiff klarmachen für seine befohlene Aufgabe. Es wurde die Kontrolle der gesamten technischen Ausrüstung und ihre Abnahme sowie die Übernahme von Versorgungsgütern und Ausbildungsunterlagen für die Fahrt durchgeführt. Da unterwegs auf den Seeschießplätzen immer bei jeder Fahrt auch das Seezielschießen mit den Offiziersschülern praktisch durchgeführt wurde, mußten besonders die Artillerie-Waffenleitanlage und die Geschütze gründlich überprüft und einsatzbereit gemacht werden. Für diese Aufgabe war ich, stellvertretend für den II WO des Schiffes, der andere Aufgaben erfüllen mußte, verantwortlich. Und dann ging es los. Ab dem Kommando „Leinen los!" begann für uns alle ein harter Borddienst unter Gefechtsbereitschaft. Jeder hatte seine Rolle und war in Wachen eingeteilt. Ruhepausen gab es erst im Hafen des Gastlandes, welches wir auf der Fahrt besuchten. Der Dienstbetrieb lief im Rhythmus: Vier Stunden Wache, vier Stunden Bereitschaft, vier Stunden Freiwache. Und das Tag und Nacht, wochenlang. Auch an Sonn- und Feiertagen. Nur jeweils an jedem Mittwochnachmittag gab es den sogenannten Seemannssonntag für die Dauer einer Stunde mit einem Stück Kuchen, in der bordeigenen Bäckerei gebacken und einer Tasse Kaffee. Schlafen konnte man nur während der Freiwache. Aus dem bekannten und übertriebenen Sicherheitsgebaren der DDR mußte jeder Offizier wie auch ich als Stabsobermeister und später als Fähnrich Tag und Nacht seine persönliche Waffe, die Pistole Makarow mit zwei Magazinen voll Munition bei sich tragen, auch während der Schlafenszeit, immer im Schulterhalfter untergeschnallt. Nur im Gasthafen, den wir anliefen, wurde die Pistole unter Verschluß genommen. Es wurde uns nicht offen gesagt wozu wir die Waffe ständig tragen mußten. Aber wir wußten, daß wir, wenn wir zum Beispiel durch den Sund, der Meerenge zwischen Dänemark und Schweden, oder durch den Bosporus fuhren, mit Hilfe der Waffe eine eventuelle Flucht von Offiziersschülern oder anderer Besatzungsmitglieder zu unterbinden hatten. Das war ein unausgesprochener Befehl.

Bei unseren Besuchen von Häfen befreundeter Flotten, wie der Polnischen Seekriegsflotte in Danzig, der Baltischen Rotbanner Flotte in Riga und Tallin, der Schwarzmeerflotte in Sewastopol und der Rotbanner-Nordmeerflotte in Murmansk und Seweromorsk, wurden wir durch Sicherheitskräfte dieser Länder stets beobachtet, wenn wir in der von uns besuchten Hafenstadt umhergingen, um uns Sehenswürdigkeiten anzusehen. Das habe ich in Danzig und auf der Westerplatte in der damaligen Volksrepublik Polen, auch in Riga, Tallin, Murmansk und Sewastopol festgestellt. Oft sah man, wenn wir in diesen Hafenstädten die Straßen entlang gingen, in einem Abstand von uns Miliz und auch zwei Zivilpersonen uns folgen. Von solchen wurde ich sofort in Sewastopol angesprochen, als ich in der Stadt einige Fotos machen wollte und dabei den Fotoapparat in

Richtung Hafen richtete, obwohl vom Hafen durch die Häuserfront nichts zu sehen war. Nur beim Besuch der bulgarischen Schwarzmeerflotte in Varna und der rumänischen Schwarzmeerflotte in Constanta blieben wir nach meiner Kenntnis unbehelligt, oder diese Sicherheitskräfte stellten ihre Beobachtungen unauffälliger an, so daß wir davon nichts merkten.

Als wir bei einer Ausbildungsfahrt auch Danzig anliefen und plötzlich ein U-Boot im Hafen auftauchte und neben uns an der Pier festmachte, erlebten wir folgendes: Einer unserer Offiziersschüler hatte aus dem Inneren unseres Schiffes durch ein offenes Bullauge dieses U-Boot fotografiert. Ich war zu dieser Zeit Diensthabender des Schiffes, als ein polnischer Abwehroffizier kam, mir ein Foto vorwies, auf dem zu sehen war, wie der genannte Offiziersschüler das U-Boot durch das Bullauge fotografierte. Auf Verlangen des Abwehroffiziers mußte ich den belichteten Film von diesem Offiziersschüler einziehen und dem polnischen Sicherheitsoffizier aushändigen. Dieses Vorkommnis zeigte uns ganz deutlich, wie wir von der polnischen Seite aus beobachtet wurden. Das Sicherheitsbedürfnis der ehemaligen Volksrepublik Polen und der Sowjetunion war zu jener Zeit wahrscheinlich ebenso stark ausgeprägt wie bei uns. Sie trauten noch nicht einmal ihren sozialistischen Waffenbrüdern.

Bevor wir auf diesen Fahrten den Gasthafen des befreundeten Landes anliefen, wurde auf der Reede unser Schiff durch die Schüler und das Schiffspersonal empfangsbereit gemacht. Es war Sitte, daß wir durch ein Wachboot der Marine des Gastlandes auf der Reede empfangen und dann in den Hafen bis zur Anlegestelle geleitet wurden. Dort stand meistens eine Ehrenformation der Marine angetreten und eine Militärmusikkapelle spielte Marschmusik. Besonders ausgeprägt war das beim Einlaufen in sowjetische Hafenstädte. Beim Einlaufen unseres Schiffes und beim Festmachen an der Pier hatten alle wachfreien Offiziere, Fähnriche, Offiziersschüler, Unteroffiziere und Matrosen auf dem Oberdeck in erster Garnitur Paradeaufstellung zu nehmen. Jeder hatte dabei laut Dienstvorschrift seinen Platz einzunehmen. Nach dem Anlegen unseres Schiffes an der Pier und dem Niederlassen des Fallreeps erschienen gewöhnlich verantwortliche Vertreter des Marinekommandos zu einem kurzen Empfangsbesuch bei uns an Bord.

Nach dem Empfangsbesuch begab sich dann unsere Schiffsführung zu einem Antrittsbesuch ins Rathaus der Hafenstadt bzw. in das

Marinekommando. In den folgenden Tagen fanden dann gegenseitige Empfänge und Veranstaltungen statt. Wenn ich wachfrei hatte, nahm ich an solchen Empfängen und Veranstaltungen, die vom Gastgeber für uns gegeben wurden, hin und wieder mit teil. Am schönsten fand ich den Empfang in der bulgarischen Hafen- und Garnisionsstadt Varna. Der Empfang fand in einem sehr schönen Festsaal in unmittelbarer Strandnähe statt. Unsere Gastgeber waren führende Vertreter der bulgarischen Marine. Auch die gesamte Atmosphäre bei diesem Empfang war sehr herzlich. Sehr nett gekleidete Damen haben uns bedient. Es gab reichlich zu Essen und zu Trinken. An Getränken gab es eine große Auswahl. Diese Damen sorgten auch stets dafür, daß unsere Gläser immer voll waren. Trinkspruch auf Trinkspruch folgte, mal von der bulgarischen Seite, mal von uns. Ich habe mir bei Besuchen dieser Hafenstädte die Sehenswürdigkeiten angesehen und reichlich Aufnahmen gemacht. Teilweise wurden wir durch die Bevölkerung sehr herzlich angesprochen und in ihrer Stadt willkommen geheißen. Auch Einkäufe tätigte ich. Bei einem solchen Einkaufsbummel hatte ich in einem Kaufhaus in Riga ein besonderes Erlebnis. Es gab dort sehr schönes Kristallglas mit Goldrand zu kaufen. Die Menschen drängelten an diesem Verkaufsstand. Wir waren zu dritt und wollten auch etwas kaufen, kamen aber durch das Gedränge nicht heran. Das sah eine Frau. Sie sagte etwas in ihrer Muttersprache zu den Menschen, worauf diese sofort einen Spalt bildeten und uns aufforderten, vorzutreten und unsere Wünsche zu äußern. In einigen Hafenstädten war unser Schiff für Besichtigungen durch die Bevölkerung freigegeben, was auch sehr viele Menschen nutzten und unser Schiff besuchten. Sie zeigten sich in Gesprächen sehr interessiert über das Leben in der DDR als auch an Bord unseres Schiffes. Wenn wir unseren Besuch beendeten und mit unserem Schiff die Weiterfahrt antraten, standen zum Abschied immer viele Menschen des Gastlandes an der Pier und winkten uns lange nach. Von unserer Seite gab es bei solchen Besuchen nie ein Vorkommnis. Die Landespresse sowie auch Funk und Fernsehen haben unser Auftreten in diesen Hafenstädten in ihren Ausgaben und Sendungen hervorgehoben. Waren wir doch nach Kriegsende das erste Kriegsschiff aus einem deutschen Staat, welches ihr Land besuchte. Daher standen wir besonders im Blickfeld der Öffentlichkeit. Die Hafenstädte Murmansk und Sewastopol hatten ja durch deutsche Truppen während des Krieges besonders viele Opfer zu beklagen. Wenn ich dann wieder zu Hause bei meiner Familie war, gab es viel über solche Fahrten von mir zu berichten. Dann war der harte Dienst an Bord vergessen. Erinnert wurde sich nur noch an die Besuche der Hafenstädte mit ihren Sehenswürdigkeiten, an Veranstaltungen wie einem Boljschoj Spektakulum (ein Theaterstück) in Murmansk, einem Konzert einer Jugendband des Komsomol der Schwarzmeerflotte in Sewastopol, zu denen wir eingeladen wurden und anderer schöner Ereignisse. Meine Frau und meine Kinder freuten sich dabei auch über die von mir mitgebrachten Sachen.

1971, nach dem Aufbau der Funkmeß-Waffenleitsysteme, wurde ich als Leiter Kabinettesbereich Funkmeß-Waffenleit und gleichzeitig als Fachlehrer für Funkmeß-Waffenleit eingesetzt. Das war eine Offiziersdienststellung. Ich war zu dieser Zeit Stabsobermeister. Die gesamte materielltechnische Basis an der Offiziershochschule war dem Stellvertreter des Kommandeurs für die Sicherstellung der Ausbildung unterstellt. Die strukturelle Gliederung war wie folgt: Der Stellvertreterbereich Sicherstellung der Ausbildung war in mehrere Abteilungen unterteilt. Wir gehörten zur Abteilung Technische Basis, welche in Ausbildungszentren (AZ) gegliedert war. Unser Ausbildungszentrum war das Ausbildungszentrum Waffensysteme mit den Teilbereichen Waffentechnik und Kabinettsbereich Funkmeß-Waffenleit. Leiter Waffentechnik war Korvettenkapitän Uhlig und als Offizier auch gleichzeitig Leiter des Ausbildungszentrums Waffensysteme. Ich war Leiter Kabinettsbereich Funkmeß-Waffenleit und damit gleichzeitig Stellvertreter des Leiters Ausbildungszentrum Waffensysteme.

Dem Ausbildungszentrum Waffensysteme waren die Zivilingenieure Albrecht und Wolfgram mit den Laboren für elektrische und elektronische Bauelemente, Impuls- und Verstärkertechnik sowie die Kabinettsleiter für die jeweiligen Waffensysteme zugeordnet. Da alle Unteroffiziere und Zivilbeschäftigte des Ausbildungszentrums fachlich gut ausgebildet waren, bedurfte es keinerlei fachlichen Anleitung seitens des Leiters Ausbildungszentrums oder mir, sondern nur der Koordinierung der befohlenen Maßnahmen. Da ich als Leiter Kabinettsbereich Funkmeß-Waffenleit eine Offiziersdienststellung einnahm und diese Offiziersplanstelle auch bezahlt bekam, wurde ich einige Zeit später von der Führung der Sektion Seeoffiziere zur Ernennung zum Offizier vorgeschlagen. Der Vorschlag, mich zum Offizier zu ernennen, wurde besonders durch den damaligen Kapitän zur See Dr. Hanns Koziol unterstützt, der mich

Angehörige unseres Ausbildungszentrums. Vordere Reihe von links:
Stabsobermeister Prömel, Oberfähnrich Frömmel, Korvettenkapitän Uhlig,
Stabsoberobermeister Globert. Hintere Reihe von links: Meister Mücke, ·
Dipl.- Ing. Wolfgram, Stabsobermeister Junge, Stabsobermeister Kleinstück,
Meister Bachmann

schon in der Flottenschule Parow, als er noch junger Offizier war,
kennenlernte und zu dem ich seit dieser Zeit ein kameradschaftliches
und freundschaftliches Verhältnis hatte. Bei einer mit mir erfogten
Kaderaussprache erklärte ich mich dazu einverstanden.
Es wurde festgelegt, daß ich dazu an zwei Kurzlehrgängen für die
jeweilige Dauer von einem halben Jahr teilnehmen sollte. Das waren
die Lehrgänge ingenieurtechnische Grundlagen und ingenieurtechnische Weiterbildung. Und das trotz meiner Kaderakte, die durch
meine Westverwandtschaft und meiner kritischen Haltung zu
einigen Problemen krumm war wie ein Mäuseweg. Aber aus einer
Ernennung zum Offizier wurde nichts. Ich habe später dazu die
Information von einem mit mir befreundeten höheren Offizier der
Offiziershochschule erhalten, daß der Stellvertreter des Kommandeurs für Sicherstellung der Ausbildung, Kapitän zur See Neumeister, gemeinsam mit dem Kaderoffizier unserer Dienststelle,
Fregattenkapitän Rohte, an dieser Sache zu meinem Nachteil gedreht
haben. Ein älterer Offizier und guter Freund dieser beiden Offiziere,
Fregattenkapitän Grosser, der kurz vor seiner Pensionierung stand,
wurde zu unserer Dienststelle versetzt. Uns wurde gesagt, daß er als
Leiter Hafenkommando eingesetzt wurde. Fregattenkapitän Grosser

war vorher als Kompanieführer beim Kommandantendienst (Militär-
polizei) auf dem Dänholm eingesetzt. Da an der Offiziershochschule
außer der von mir belegten Offiziersplanstelle keine andere Planstelle frei war, erhielt er die mir zugedachte Planstelle. So jedenfalls
lauteten die inoffiziellen als auch offiziellen Informationen, die mir
von verschiedenen Seiten zugingen. Fregattenkapitän Grosser war
in der Kriegsmarine als Obersteuermann tätig und ist in der Phase
des Aufbaus der Seepolizei nach einem Kurzlehrgang zum Offizier
ernannt worden. Als nach der Entlassung dieses Offiziers aus dem
aktiven Dienst nun der Weg für eine Ernennung zum Offizier für
mich frei war, sich aber in dieser Hinsicht nichts tat, habe ich auf
Rat des Kapitän zur See Dr. Hanns Koziol um eine Kaderaussprache
mit einem zu der Zeit in der Dienststelle anwesenden Generalmajor
der Verwaltung Kader des Ministeriums für Nationale Verteidigung
gebeten. Bei dieser Aussprache wurde mir mitgeteilt, daß ich schon
die Altersgrenze, um Offizier werden zu können, überschritten hätte
und daher nicht mehr zum Offizier ernannt werden könne. Bei
dieser Aussprache hatte ich den Eindruck, daß ich mit dieser Aussage nur „abgespeist" wurde, mir die volle Wahrheit vorenthalten
wurde, da nach meiner Kenntnis in anderen Dienststellen zur gleichen Zeit gleichaltrige Berufsunteroffiziere zum Unterleutnant ernannt wurden. Es müssen also andere Gründe vorgelegen haben.
Etliche Jahre vorher, noch in der Flottenschule Parow, war mir angeboten worden, in Berlin Treptow an einem Politoffizierslehrgang
teilzunehmen und Politoffizier der Volksmarine zu werden. Nach
gründlicher Überlegung und Rücksprache mit mir befreundeten
Offizieren, lehnte ich damals jedoch den Besuch eines entsprechenden Politlehrganges ab, da ich der Meinung war, dafür nicht der
richtige Mann zu sein. Es lag mir nicht, die Politik der Partei über-
zeugend den Matrosen nahezubringen. Mein Motto war: Schuster
bleib bei Deinen Leisten! Polititunterricht war allgemein bei der
Masse der Matrosen und Unteroffiziere nicht beliebt. Es gab bei uns
ein geflügeltes Wort, welches lautete: Wenn alles schläft und einer
spricht, dann nennt man das Politunterricht. Ein damals in unserer
Dienststelle kursierender Witz mit folgendem Wortlaut beleuchtete
diesen Zustand zutreffend. Die militärische Abwehr der Dienststelle
hat erfahren, daß ein Agent bei uns eingeschleust wurde. Ein neuer
Mitarbeiter sollte daher seine Kenntnisse unter Beweis stellen und
diesen Agenten suchen. Nach einer Stunde kam er zurück und
brachte den Agenten. Auf die Frage seines Vorgesetzten, wie er so

schnell den Agenten fand, antwortete er: „Lenin hat uns gelehrt, daß der Klassenfeind nie schläft. Ich fand diese Person im Politunterricht als Einzigen, der wach war."
Ich hatte in den letzten Jahren als Berufssoldat auch nie ein Hehl aus meiner Meinung zu politischen und anderen Ereignissen in der DDR gemacht. Gegen so Manches hatte ich meine kritischen Bemerkungen gemacht. Das wurde gehört, auch dort, wo es hingehörte. Solche Kritiken und Meinungen wurden aber von den entsprechenden militärischen und politischen Führungskräften nicht immer gerne gehört, auch wenn offiziell gesagt wurde, geäußerte Kritiken bringen dem Kritiker keine persönlichen Nachteile, was ja auch im Statut der Partei und anderen Dokumenten über die politisch ideologische Arbeit mit dem Menschen geschrieben stand. Auch hatte ich mich im Kameradenkreis sinngemäß wiederholt geäußert: „Man kann mir nichts nehmen, als nur meine Ketten", und „...bei unserer Führung herrscht das Prinzip vor: Vertrauen ist gut, Kontrolle besser, aber am besten ist das Verbot." Das Verbot des Westkontaktes laut DV 10/9 wurde ja damit begründet, daß man den NVA-Angehörigen vor der westlichen Spionage schützen wolle. Meiner Meinung nach kann man durch Verbote eine Spionagetätigkeit nicht unterbinden. Wer Spionage treiben will, findet immer einen Weg dazu. Ein Vertrauensverhältnis zwischen der Führung und der Masse der Armeeangehörigen wäre bei weitem besser. Es war also anzunehmen, daß die Gründe für dieses Verbot anderer Art waren.
Mit diesen und auch anderen Äußerungen zu verschiedenen Ereignissen und Erscheinungen in der DDR-Öffentlichkeit, die von der Parteiführung heruntergespielt oder in der Parteipresse fälschlich dargestellt oder auch verschwiegen wurden, als auch meiner Ansicht nach unsinniger Verbote durch übergeordnete Vorgesetzte bzw. der Führung der Nationalen Volksarmee und des Polit- und Parteiapparates, hatte ich mich kritisch geäußert. Das führte einmal, im Januar 1979, zu einer sehr ernsthaften Aussprache mit mir bei der Parteikontrollkommission. Bei einer Arbeitsbesprechung der AZ-Leiter beim Abteilungsleiter Technische Basis, Kapitän zur See Loscheck, an der ich als Stellvertreter von Fregattenkapitän Uhlig teilnahm, hatte ich mich verwahrt gegen die, meiner Meinung nach unwahre Darstellung der durch den strengen Winter entstandenen Situation der Versorgung der Bevölkerung, besonders der Brennstoffversorgung. Meine Meinung war, daß in der Ostsee Zeitung als

Bezirksorgan der SED falsche Darstellungen zur Versorgungs-
situation veröffentlicht werden, die dem Ansehen der Partei bei der
Bevölkerung schade, da diese ja die durch den strengen Winter
entstandene schlechte Versorgung mit Brennstoffen selbst am
eigenen Leib erfahre. Nach den Darstellungen in der Ostsee Zeitung
war bei uns alles in bester Ordnung, nur in der Bundesrepublik
herrsche Chaos. Die Redakteure, die derartige falsche Darstellungen
in der Zeitung veröffentlichen, sollten meiner Meinung nach zur
Verantwortung gezogen werden. Korvettenkapitän Soffke und
Stabsobermeister Beuchel schlossen sich dieser Auffassung ebenfalls an. Durch den Abteilungsleiter und dem anwesenden Parteisekretär Technische Basis, Fregattenkapitän Onnasch, wurden wir
Drei hart angegriffen. Sie waren der Auffassung, daß das, was in
der Presse stand, richtig sei und im übrigen die Partei immer recht
habe. Leider äußerten die anderen anwesenden AZ-Leiter zu diesem
Problem nicht ihre Meinung. Wir Drei standen daher der Auffassung
und Meinung des Abteilungsleiters und des Parteisekretärs allein
gegenüber. Die Folge von der sehr erregt geführten Diskussion war,
daß Kapitän zur See Loscheck und Fregattenkapitän Onnasch das
alles dem Vorsitzenden der Parteikontrollkommission unserer
Dienststelle meldeten und gemeinsam mit der Politabteilung Maßnahmen gegen uns Drei einleiteten. Es wurde von der Parteikon-
tollkommission beschlossen, eine außerordentliche Mitgliederversammlung unserer Grundorganisation einzuberufen, die zum Ziel
hatte, gegen uns entsprechende Maßnahmen einzuleiten und zu
beschließen. Ich wurde zur Parteikontrollkommission beordert, wo
mir ein Protokoll vorgewiesen wurde, in dem ich durch meine
Diskussion bewiesen hätte, daß ich in meiner Grundhaltung partei-
und staatsfeindlich eingestellt sei und entsprechend handele. Ich
wäre daher nicht mehr würdig, weiterhin Mitglied der SED zu sein.
Ich sollte dieses Protokoll unterschreiben, was ich aber strikt
ablehnte und erwiderte, daß nicht ich partei- und staatsfeindlich
handele, sondern die Personen, die derartige Unwahrheiten in der
Presse veröffentlichen. Diese sollte man zur Verantwortung ziehen.
Außerdem stünde mir nach unserem Parteistatut das Recht zu - und
nach dem Statut ist es auch meine Pflicht - meine Meinung zu allen
auftretenden Problemen offen und ehrlich zu äußern, ohne daß mir
dadurch Nachteile entstünden.
Sie kamen mit ihrer Forderung nicht durch, da die Mitglieder der
Parteileitung unserer Grundorganisation mit Ausnahme des Partei-

sekretärs Onnasch als auch die Mitglieder unserer Grundorganisation dem Beschluß der Parteikontrollkommission nicht zustimm-
ten. Die Mitglieder der Parteileitung als auch die Mitglieder der
Grundorganisation vertraten unsere Position und lehnten das ge-
plante Verfahren gegen uns in jeglicher Form ab. Ich wurde daher
zu einer weiteren Aussprache zur Parteikontrollkommission beordert, wo mir im Wiederholungsfall derartiger Äußerungen offen der
Ausschluß, auch gegen den Willen der Grundorganisation, aus der
Partei und die Übergabe an die DDR-Gerichtsbarkeit zwecks Ver-
urteilung als Partei- und Staatsfeind angedroht wurde. Bei uns an der
Dienststelle verschwand so manch ein Kritiker anschließend von
seinem Posten und fand sich an untergeordneter Stelle mit weniger
Gehalt wieder. Ein Verfechter solcher Maßnahmen war auch unser
damaliger Kommandeur, der einmal gleich zwei Offiziere, die eine
entsprechende Kritik zu seiner Arbeitsweise äußerten, von ihrer
Funktion entband, sie auf untergeordnete Posten abschob und ein
halbes Jahr später in die Reserve versetzen ließ. Damit hat er
jegliche Kritik zu seiner Arbeitsweise im Keim erstickt. Aber in
meinem Fall war man, wie Konteradmiral Irmscher mir bei einem
Gespräch sagte, auf meine spezialfachlichen Kenntnisse angewiesen.
So wurde ich zwar nicht Offizier, aber doch wenigstens zum
Dienstgrad Fähnrich ernannt. Fähnrich mit der Offiziersdienststellung Fregattenkapitän. Diese Tätigkeit versah ich bis zu meiner
Entlassung aus dem aktiven Dienst im Oktober 1982.
Während meiner Tätigkeit in der Flottenschule Parow, in den Jahren 1954 bis 1969 und auch in den nachfolgenden Jahren an der
Offiziershochschule der Volksmarine, habe ich mich persönlich
weiterqualifiziert. Ich hatte bis dahin nur den Abschluß der 8. Klasse
der Grundschule gemacht, die Ausbildung zum Funker und ein Jahr
lang eine Ausbildung an der Offiziersschule in Pirna an der Elbe
zum Nachrichtenoffizier. Was ich mir an praktischen Fertigkeiten
und Kenntnissen angeeignet hatte, geschah autodidaktisch. Mir
fehlten noch einige theoretische Grundlagen und auch der entsprechende Qualifikationsnachweis. So wurde es für mich zwingend
notwendig, mich weiterzuqualifizieren. Ich besuchte zu diesem
Zweck drei Jahre eine Abendschule. Das war immer nach Dienstschluß in den Abendstunden und an den Wochenenden. Ich wurde
dort zum Funkmechaniker ausgebildet. Die Ausbildung war
gründlich und sehr weit gesteckt. Sie umfaßte alle Bereiche der
elektrischen und elektronischen Berufe. Danach absolvierte ich eine

dreijährige Ausbildung zum Meister der Volkseigenen Industrie, Fachrichtung Nachrichtentechnik. Träger der Ausbildung war die Ingenieurschule Wismar, Außenstelle Stralsund. Parallel dazu machte ich noch den Abschluß der 10. Klasse. Nach einer weiteren, mehrjährigen theoretischen und praktischen Qualifizierung wurde mir der Titel eines Elektroingenieurs, entsprechend den damals gültigen gesetzlichen Bestimmungen, verliehen. In diesen Jahren war mir meine Frau ein treuer Helfer. Sie entlastete mich von jeglicher Hausarbeit, besonders an den Wochenenden, die ich zum Studium brauchte, so daß ich meine Zeit voll für die Weiterbildung nutzen konnte. Sie selbst hat dadurch ihre persönliche Entwicklung zurückgestellt. Bei der täglichen Versorgung eines Haushaltes mit sechs Kindern konnte sie auch keine Beschäftigung in einem Betrieb aufnehmen. Jetzt, als Rentnerin, fehlen ihr diese Jahre und der dadurch verloren gegangene Verdienst in der Anrechnung zur Rente. Ihre Rente ist daher extrem niedrig ausgefallen. Ohne meine Rente könnte sie heute nicht existieren.

1977 erfolgte eine strukturelle Änderung der Unterstellung der Ausbildungszentren. Die Abteilung Technische Basis wurde aus dem Stellvertreterbereich Sicherstellung der Ausbildung ausgegliedert und die einzelnen Ausbildungszentren der jeweiligen Sektion und ihren Lehrstühlen personell und materiell unterstellt. Die Ausbildungszentren Waffensysteme und Navigationsanlagen wurden der Sektion Seeoffiziere unterstellt. Die Funkkabinette, Funkmeß- und Funkmeß-Waffenleitkabinette mit dem Personal wurden militärisch und fachlich dem jeweiligen Lehrstuhl zugeordnet und den Fachgruppenleitern dieser Lehrstühle unterstellt. Die Kabinette System 104 (Funkmeß-Waffenleit Artilleriewaffen), für die ich unmittelbar zuständig war sowie System 101 (Funkmneß-Waffenleit Raketenwaffen) und System 102 (Funkmeß-Waffenleit Torpedowaffen) wurden dem Lehrstuhl Hauptbewaffnung unterstellt. Der Lehrstuhl Hauptbewaffnung wurde zu dieser Zeit von Kapitän zur See Dr. Ing. Karfik geleitet. Da ich die Planstelle eines Fachlehrers für Funkmeß-Waffenleit inne hatte, war ich direkt dem Fachgruppenleiter Artilleriewaffen, Fregattenkapitän Fechtner, zugeordnet und ihm fachlich und militärisch unterstellt.

Die Unterstellung der Ausbildungszentren mit seinem Personal wurde erforderlich, um eine bessere Koordinierung bei der Nutzung der Kabinette und der Einbeziehung des Kabinettspersonals in die Ausbildung zu erreichen.

Das Ende meiner militärischen und beruflichen Tätigkeit

1982 wurde ich fünfzig Jahre alt. Ich war der Meinung, lange genug aktiv gedient zu haben und hatte auch schon so ziemlich die "Nase voll" von allem. Meine persönliche Entwicklung war allgemein nicht so verlaufen, wie ich es mir vorgestellt hatte. Bei jeder Weiterbildungsmaßnahme mußte ich hart um die Genehmigung seitens meiner Dienststelle ringen. Nichts war mir geschenkt worden. Ein Antrag zu einem Direktstudium war mir vom damaligen Kaderoffizier der Flottenschule Parow abgelehnt worden mit der Bemerkung seitens dieses Kaderoffiziers, ich hätte als Genosse dort, wo ich hingestellt werde, meine Pflicht vorbildlich zu erfüllen und nicht die Zeit mit Studium zu verbringen. Das bliebe anderen überlassen. Es blieb mir daher nur das Abendstudium als Weiterbildungsmaßnahme. Das bedeutete für mich und auch meine Familie über mehrere Jahre eine enorme zusätzliche Belastung. Ich war für meine höheren Vorgesetzten in den letzten Jahren als Uniformträger hin und wieder ein etwas unbequemer Unterstellter geworden und daher nicht besonders förderungswürdig. Das ließ man mich fühlen, auch bei Beförderungen und Auszeichnungen. Aber man brauchte mich als Spezialisten. Hinzu kamen die in letzter Zeit sehr oft durchgeführten Alarmübungen der Dienststelle. Kaum war man nach Dienst zu Hause und ging schlafen, wurde man durch Benachrichtigungsposten zur Dienststelle beordert. Das alles reichte einem langsam. Es wurde in meinem Alter zu einer nicht mehr zumutbaren Belastung. Dazu kam meine Bereitschaftsroutine als Leiter eines Teilbereiches in der Mobilmachungsgruppe der Dienststelle. Diese war immer im Wechsel vier Tage Bereitschaft, acht Tage bereitschaftsfrei. An diesen Bereitschaftsabenden und Bereitschaftsnächten war ich ständig an meine Wohnung gebunden, konnte nirgendwo hingehen.

Bei der Beschaffung von Material für die Arbeit zur Instandhaltung der Anlagen und für den Lehrbedarf gab es nur noch Schwierigkeiten, obwohl nach unserer Kenntnis der Bereich Landesverteidigung besser versorgt wurde als andere zivile Bereiche. Bei unserer Finanz- und Materialplanung in der Dienststelle wurden am laufenden Band Streichungen von geplanten notwendigen Maßnahmen durchgeführt.

Auch im privaten Bereich traten zunehmend Versorgungsschwierigkeiten bei besonderen Waren auf. Mal gab es die eine Ware nicht, mal die andere nicht. Wenn man einkaufen ging, mußte man sich anstellen und warten, bis man an der Reihe war. Oft war dann das Warten umsonst, da die Ware, wenn man an der Reihe war, ausverkauft war. Ware, die in der Regel kaum zu bekommen war, wurde gewöhnlich von den Verkäuferinnen „unter dem Ladentisch verkauft." Sie war sogenannte „Bück-Dich-Ware." Sie wurde von den Verkäuferinnen nicht offen präsentiert und fast ausnahmslos von ihnen unter dem Ladentisch gelegt und an gute Freunde oder solche Menschen verkauft, die eine andere Mangelware dafür bieten konnte. Alle anderen Kunden hatten daher meistens das Nachsehen. Wer keine solchen besonderen Waren oder Beziehungen zu solchen Waren hatte, war gestraft. Brauchte man eine bestimmte Ware, so mußte man sich erst zu entsprechenden Personen, die über solche Waren verfügten, eine „Beziehung" schaffen.

Das und andere Mißstände gaben Anlaß zu Diskussionen zwischen meiner Frau, meinen Kindern und mir über die Richtigkeit der Politik der Partei und der DDR-Führung. Immer mehr verglich ich das tatsächliche Leben mit dem, was uns auf Parteiversammlungen gesagt wurde und in der Tagespresse der Partei stand. Der Widerspruch wurde für jeden, der ihn wahrnehmen wollte, offensichtlich. Dabei wurde immer wieder auf Parteiversammlungen gesagt, daß die Betriebe den Volkswirtschaftsplan wieder erfüllt und übererfüllt hätten. Das alles glaubte die Mehrzahl von uns nicht mehr, da es trotz Erfüllung des Planes immer weniger im Handel zu kaufen gab. Unzufriedenheit machte sich bei vielen Menschen breit.

Meine Verpflichtung lief außerdem im Herbst 1982 aus. Daher stellte den Antrag um Entlassung aus dem aktiven Wehrdienst und Versetzung in die Reserve. Unser Kaderoffizier war dagegen. Er war der Auffassung, daß ich noch zwei Jahre weiter dienen müßte, bis ein Nachfolger für mich da und eingearbeitet ist. Ich wandte mich daher mit meinem Entlassungsantrag und der Versetzung in die Reserve direkt an den Chef Volksmarine, Admiral Ehm. Ich begründete ihn mit der Aussage des Ministers für Nationale Verteidigung, daß ein Berufssoldat, der mindestens 25 Jahre gedient hat und dabei 50 Jahre alt wird, aus dem aktiven Wehrdienst auf seinen persönlichen Wunsch hin entlassen werden kann. Der Chef Volksmarine unterschrieb den Befehl zu meiner Entlassung.

Es war bei uns Sitte, daß bei runden Geburtstagen und hohen Auszeichnungen das Geburtstagskind bzw. der Ausgezeichnete einen Empfang mit einem kleinen Imbiß und entsprechendem Umtrunk gab. So war es auch, als ich 50 Jahre alt wurde. Ein solcher Empfang fand in der Regel in einem besonderen Raum der MHO-Gaststätte der Dienststelle statt. Da ich aber von der MHO-Leitung keine Genehmigung zum Kauf von speziellen Eßwaren und verschiedener Spirituosen in der MHO für meine private Geburtstagsfeier erhielt, lehnte ich einen Empfang in dem Raum der MHO ab. In anderen Verkaufseinrichtungen waren derlei Waren zu der Zeit wieder einmal Engpaß. Daher mußte ich nach Berlin fahren und mir diese Waren dort kaufen. Berlin wurde besser versorgt als die übrige DDR.

Unser Kommandeur, Vizeadmiral Prof. Dr. Nordin, sandte seinen Adjutanten zu mir, der mir den Wunsch des Kommandeurs nahe legte, doch den Empfang in der MHO-Gaststätte zu geben, da er nur dann an diesem teilnehmen würde. Zu einem Empfang in Privatwohnungen ginge er nicht. Meine Erwiderung war: Da mir die MHO-Leitung für meine private Geburtstagsfeier keine entsprechenden Waren verkauft, dann soll sie auch für die Bereitstellung des Imbisses und der Getränke für den offiziellen Empfang aus Anlaß meines 50. Geburtstages in der MHO-Gaststätte an mir nichts verdienen. Daher findet der Empfang in meiner Wohnung statt.

Zum Gratulationsempfang in meiner Wohnung waren alle meine Freunde und Kameraden sowie Vertreter des Kommandeurs der Schule und der Sektion Seeoffiziere, des Polit- und Parteiapparates und ein vom Stellvertreter des Ministers und Chef Volksmarine beauftragter Offizier erschienen, mir zu gratulieren und ein Präsent zu überreichen. Meine Frau und meine Töchter hatten alles sehr schön vorbereitet. Allen hat es gemundet. Am Abend wurde im Kreis meiner Familie mein Geburtstag entsprechend gefeiert. Bei meinem Ausscheiden aus dem aktiven Dienst, gab ich im kleinen Freundes- und Kameradenkreis ebenfalls einen Empfang, als Abschied von meinem bisherigen Leben als Berufssoldat.

Nach meiner Entlassung wurden mir seitens meiner Dienststelle die Planstelle eines Mitarbeiters des Lehrstuhlleiters im Lehrstuhl Taktik der Seestreitkräfte angeboten. Seitens der kommunalen Verwaltung der Stadt wurde mir eine Stelle als Produktionsleiter im Dienstleistungskombinat der Stadt angeboten, verantwortlich für die Planung und Versorgung aller Dienst- und Reparaturleistungsbereiche mit entsprechenden Ersatzteilen. Erkundigungen, die ich bezüglich dieser Tätigkeit einholte, ergaben, daß dieser Posten der eines Prügelknaben war. Da die Produktion von Ersatzteilen in der DDR rückläufig war und es immer Engpässe in der Bereitstellung von Ersatzteilen gab, konnte der Leiter eines solchen Bereiches einfach seine Aufgabe nicht zufriedenstellend erfüllen. Bei Beschwerden durch die Bevölkerung wurde er durch die SED-Kreisleitung immer zur Verantwortung gezogen. Die vorherigen Leiter hatten es daher vorgezogen, nach kurzer Zeit ihre Tätigkeit aufzukündigen. Daher lehnte ich es ebenfalls ab, diese Stelle, trotz guter Bezahlung und Bereitstellung eines Dienstautos, anzunehmen. Ich entschied mich für das Angebot seitens meiner Dienststelle. Da diese Stelle frei war, sie mir angeboten wurde und ich die dazu notwendige Qualifikation hatte, willigte ich ein und wurde Mitarbeiter im Lehrstuhl. Der Lehrstuhl wurde zu dieser Zeit durch Kapitän zur See Dr. Nobis geführt. Einige Jahre später übernahm Kapitän zur See Dr. Schindler den Lehrstuhl. Meine Aufgaben waren vielseitig. So mußte ich zum Beispiel Ausbildungsunterlagen bearbeiten, Zuarbeiten an den Lehrstuhlleiter jeglicher Art machen, den Schriftverkehr des Lehrstuhls führen, die materielle und finanzielle Jahresplanung erstellen und viele andere Aufgaben mehr.

In den Jahren meiner Zugehörigkeit zum Lehrstuhl waren damals als Lehroffiziere die Fregattenkapitäne Bedau, Jurat, Dr. Kreins, Wiedemann (der später zum Kapitän zur See befördert wurde und die Sektion Seeoffiziere als Kommandeur übernahm) Gedde, Randel, Müller und Schlothauer, sowie die Korvettenkapitäne Leßner, Lang und Edelmann tätig.

Als Kabinettsleiter für die Taktikkabinette war Stabsobermeister Fischer eingesetzt. Später wurden zum Lehrstuhl noch Stabsoberfähnrich Sass und Stabsobermeister Gottsmann als Kabinettspersonal und 1989 der Kapitän zur See Leithold, der zuvor Kommandeur des Marinehubschraubergeschwaders in Parow war, als Lehroffizier versetzt.

Im Lehrstuhl herrschte eine gute Atmosphäre. Das Verhalten zueinander war kameradschaftlich bzw. freundschaftlich. Unser Motto lautete: "Gemeinsam arbeiten wir, gemeinsam feiern wir." Und so wurde es auch bis zuletzt gehalten. Noch Jahre nach der Wende haben wir uns im Monat einmal, soweit der Einzelne es jeweils konnte, in einer Stralsunder Gaststätte zu einem persönlichen Plausch mit einem kleinen Umtrunk eingefunden. Meine Arbeit als Mitarbeiter des Lehrstuhlleiters versah ich bis zur Auflösung der Dienststelle im Dezember 1990.

Es kamen die für uns alle so ereignisreichen Wochen der Vorwendezeit und der Wende. Daß diese Ereignisse in der damaligen DDR in einer so kurzen Zeit zu einem totalen gesellschaftlichen Umbruch in diesem Land führen würden, ahnten wir 1989 nicht. Die Ereignisse überstürzten sich, es ging dann alles Schlag auf Schlag. Über die Ausreisewelle, die im Spätsommer 1989 akkumulierte, wurde durch die Medien der DDR unvollständig berichtet. Auch über politische Gruppierungen wie der Demokratische Aufbruch, das Neue Forum und andere sowie deren Ziele gab es in den Medien kaum wahrheitsgemäße Hinweise, wenn, dann nur Entstellungen und Diffamierungen der Ziele dieser Gruppen. Wer von uns mehr wissen wollte, hörte und sah dazu, soweit ihm das möglich war, westliche Rundfunk- und Fernsehsender. Das war uns zwar verboten, aber insgeheim wurde es getan. Wir in Stralsund lagen bezüglich Westfernsehen im Tal der Ahnungslosen, da wir in diesem Bereich kein Westfernsehen empfangen konnten. Satellitenanlagen gab es bei uns nicht zu kaufen und mit einer normalen Fernsehantenne konnte man ohne größeren technischen Aufwand keinen Westsender empfangen. Natürlich gab es schon längere Zeit vorher Menschen in der DDR, die ihre Ausreise nach der BRD beantragt hatten. Das war uns allgemein bekannt. Diese Menschen hatten untereinander auch ein Erkennungszeichen, ein weißes Band an der Autoantenne ihres Autos. Darüber sprachen die Menschen bei uns. Zunehmend bis zur Wende sah man daher immer öfter Pkw mit einem solchen Band an der Antenne. In meiner damaligen Wohngegend gab es auch einen Stralsunder. Er war Ingenieur, hatte einen Arbeitsplatz und ein gutes Einkommen. Er war der Sohn eines Bekannten von mir. Diesem Menschen ging es, entsprechend seinen Äußerungen, bei seinem Ausreiseantrag nur um eine materielle und finanzielle Besserstellung seiner Person und auch um Reisemöglichkeiten in westliche Länder. Ähnliche Aussagen hörte man auch von anderen. Daher war es für uns naheliegend anzunehmen, daß die Mehrzahl dieser Menschen nur aus rein materiellen Gründen den Ausreiseantrag stellten. Natürlich gab es auch politische Gegner des DDR-Regimes, die auch weg wollten oder zumindest gegen das Regime opponierten. Aber die Mehrzahl der Menschen ist von Natur aus bodenständig und versucht sich immer dem jeweiligen Regime anzupassen.

In unserem Lehrstuhl herrschte eine kritische Meinung zu der massenhaften Ausreisewelle, wie sie sich im Herbst 1989 abzeichnete.

Uns war klar, daß eine solche Massenflucht von Menschen in diesen Tagen, die in diesem Land geboren wurden, hier gelebt und gearbeitet haben, Ursachen hatte. Nicht nur ich, auch andere fragten sich, warum unternimmt die Regierung und das Politbüro der Partei nichts, die Ursachen zu ergründen und sie vor allem zu beheben. Bedingungen zu schaffen, damit die Menschen bei uns bleiben. Aber nein, anstelle Maßnahmen zu einer besseren Versorgung der Bevölkerung einzuleiten, die Reisebeschränkungen für unsere Bürger in westliche Länder aufzuheben, damit den Menschen das Leben in diesem Land lebenswerter wird, wurden Kritiker, die derartige Forderungen stellten, verstärkt Repressalien ausgesetzt. Man hatte den Eindruck, daß die politische Führung der DDR eine Art Vogel-Strauß-Politik betrieb, den Kopf in den Sand stecken, nichts hören und sehen wollen. Was als kleine Welle begann, wuchs in kurzer Zeit daher zur Woge an und ergriff das ganze Land. In dieser so ereignisreichen Zeit wurde wöchentlich in meiner Dienststelle das Stimmungs- und Meinungsbild von den Vorgesetzten und Funktionären der Partei zu den Ereignissen, die im ganzen Land vor sich gingen, von uns eingeholt. Es gab dazu genügend kritische Hinweise und Bemerkungen. Aber man hatte das Gefühl, daß man bei diesen Funktionären gegen den Wind spricht. Sie nahmen die Meinungs-äußerungen zwar zur Kenntnis, taten aber nichts, um eine positive Änderung der Lebensbedingungen für die Menschen dieses Landes herbeizuführen. Im Gegenteil, kritische Meinungen wurden als Nörgelei und Miesmacherei an der Politik der Partei abgestempelt. Anfang Oktober, es muß der 3. oder 4. Oktober gewesen sein, wurde gleich zu Dienstbeginn von uns allen erneut das Stimmungs- und Meinungsbild zu den Ereignissen, die im Land vor sich gingen, eingeholt. Wie wir etwas später erfuhren, wurde das in allen Dienststellen der Volksmarine und der gesamten Nationalen Volksarmee zu gleicher Zeit gemacht.
Nach uns zugegangenen Informationen durch einen höheren Politoffizier meiner Sektion, soll als Resultat dieser Meinungsumfrage herausgekommen sein, daß die Masse der Angehörigen der Volksmarine zur eigenen militärischen Führung zwar Vertrauen hat, aber keines zur obersten politischen und militärischen Führung der DDR. Ein Einsatz der Armee gegen die Demonstranten wäre für die Führung der DDR daher ein Risikofaktor geworden. Seit Beginn der Perestroika 1985 in der damaligen UdSSR begann bei den jüngeren Offizieren, bei den Fähnrichen und Unteroffizieren eine Art Um-

denken. Viele nahmen nicht mehr alles widerspruchslos hin. Offen wurde gefragt: Warum werden bei uns nicht auch wie in der UdSSR notwendige Reformen durchgeführt. Warum werden die alten Herren im Politbüro der SED nicht endlich von jüngeren, fähigeren Kadern abgelöst. Genügend sind doch an den Hochschulen der DDR und der UdSSR herangebildet worden und warten auf ihren Einsatz in der Politik und Wirtschaft. Soll es erst soweit kommen wie in der UdSSR, wo diese Veteranen bald auf Tragen in den Saal zur Sitzung getragen werden?

Es war doch erkennbar, daß vieles in der DDR stagnierte und in der Wirtschaft eine rückläufige Tendenz zu verzeichnen war. War bis dahin stets gesagt worden:

"Von der Sowjetunion lernen, heißt Siegen lernen",

wurde nun dieser Ausspruch von der politischen und militärischen Führung der DDR nicht mehr verwendet. Losungen mit einer solchen Aufschrift wurden bei uns in der Dienststelle entfernt. Unsere Fragen nach dem Grund dafür wurden ausweichend beantwortet. Dazu kam dann noch die Aussage von Erich Honecker, daß die Führung der DDR in keinem Volk und keinem Staat mehr einen Feind sehe. Das brachte das bis dahin anerzogene Feindbild bei uns total durcheinander. Wir wußten nicht mehr, woran wir waren. Für den Soldaten der Nationalen Volksarmee war entsprechend der betriebenen Politik der wahrscheinliche Feind der NATO-Soldat. Mühsam wurde versucht, ein neues Feindbild zu erstellen. Um die Kampfmoral einer Truppe zu erhalten und zu festigen, braucht sie ein Feindbild. Diese Feststellung hatte in allen Armeen der Welt bis dahin Allgemeingültigkeit. Dann noch das Verbot des Sputnik, einer deutschsprachigen sowjetischen Zeitschrift, was viele nicht verstanden. Diese Zeitschrift wurde von vielen Menschen in der DDR, auch in der NVA, sehr gerne gelesen. Da wurden Probleme angesprochen, über die man früher nur im engsten Freundeskreis munkelte. Die Darlegung und Veröffentlichung geschichtlicher Tatsachen, die in der DDR für die Öffentlichkeit nicht erwünscht, wenn nicht sogar verboten waren, wurden in dieser Zeitschrift veröffentlicht So auch über den Geheimvertrag zwischen Hitler und Stalin bezüglich der Aufteilung Polens untereinander. Über Offiziere, die in der Sowjetunion studierten, besorgten wir uns diese Zeitschrift aber weiter. Die politische und militärische Führung der

Ein Sonderheft des Sputnik für die Deutschen in der DDR,
welche die vorherigen Ausgaben nicht erhalten konnten.

DDR versuchte dies zu unterbinden, was ihr aber nicht gelang. Das
alles führte dazu, daß noch im Mai 1989 auf Weisung von Erich
Mückenberger, des Vorsitzenden der Zentralen Parteikontrollkommission im ZK der SED, in den Parteiorganisationen der Dienststellen Mitgliederversammlungen durchgeführt werden mußten, wo
die Genossen auf die Linie der Parteiführung eingeschworen werden sollten.

Auf diesen Versammlungen wurde durch verantwortliche Parteifunktionäre, das war bei uns der PKK-Vorsitzende der Dienststelle,
massiv den Mitgliedern gedroht, welche die Linie der Parteiführung
verließen und Forderungen nach längst fälligen Reformen stellten.
Diese Genossen wurden zu Miesmachern und Nörglern am Sozialismus abgestempelt. Es wurde ihnen mit Parteiausschluß gedroht.
Ein Parteiausschluß aber bedeutete die fristlose Entlassung einer
solchen Person aus ihrer bisherigen Tätigkeit, daß dieser Mensch

dann kaum noch eine Einstellung in einem anderen Betrieb erhielt. Wenn, dann nur in sehr untergeordneter Stellung mit niedrigem Einkommen. Das wurde nicht offen gesagt. Aber jeder wußte aus Erfahrung, daß so gehandelt wurde. Davor schreckten natürlich viele Offiziere, Fähnriche und Unteroffiziere zurück. Hinzu kam, daß die NVA um 10000 Mann verringert werden sollte. In unserer Dienststelle sollten daher etwa 100 Berufssoldaten entlassen werden. Jeder bangte, daß es ihn treffen könnte. Auf der Mitgliederversammlung in unserer Sektion habe ich die durch den PKK-Vorsitzenden gemachten Äußerungen scharf kritisiert. Ich äußerte mich dahingehend, daß eine derartige Herangehensweise nicht vereinbar ist mit dem Statut der Partei und den anderen Dokumenten über die ideologische Arbeit mit dem Menschen. Seine Äußerungen wären nach meiner Auffassung eine Art Holzhammerpolitik, nach dem Motto: „...und bist du nicht willig, so brauche ich Gewalt." Diese Vorgehensweise zerstört das Vertrauen, schafft Zwietracht und Uneinigkeit unter den Menschen und unterdrückt jegliche Kritik. Die Zeit des Glaubens an das, was uns durch die Parteifunktionäre gesagt wird, ist vorbei. Als ich noch Mitglied der katholischen Kirche war habe ich geglaubt. Heute will ich es genau wissen und Tatsachen sehen und hören. Auf dem Nachhauseweg sagten mir einige Offiziere: Simon, das hast Du gut gemacht. Auf meine Frage, warum sie selbst dazu nicht ihre Meinung gesagt haben, wurde mir zur Antwort: Du hast doch gesehen, wer alles im Präsidium der Versammlung saß. Hätte einer von uns etwas dazu gesagt, wären wir die Ersten, die auf die Entlassungsliste gekommen wären.
Diese Versammlung in unserer Sektion hatte aber noch Folgen. Am anderen Morgen, bei Dienstbeginn, wurde sofort in den Parteigruppen eine Beratung zu dieser Mitgliederversammlung angesetzt. Hier kam dann einstimmig die Meinung auf, daß mit den Parteimitgliedern so nicht umgegangen werden darf. Das, was auf der Versammlung durch den PKK-Vorsitzenden geäußert wurde, verstoße gegen alle gültigen Dokumente über die ideologische Arbeit mit dem Menschen.
Diese Meinung wurde an die Politabteilung weitergegeben, die wiederum auf unser Verlangen die Zentrale Parteikontrollkommission des Kommandos der Volksmarine darüber informieren mußte. Der Vorsitzende der Parteikontrollkommission im Kommando der Volksmarine sah sich daraufhin gezwungen, bei uns eine Außerordentliche Mitgliederversammlung einberufen zu lassen, wo

er versuchte, die Wogen der Entrüstung wieder zu glätten. Er schloß sich unserer Auffassung dahingehend an, daß er die Vorgehensweise des PKK-Vorsitzenden verurteilte, daß dieser auf der vorherigen Versammlung mit seinen Darlegungen über das Ziel hinausgeschossen wäre, daß man so nicht mit den Menschen umgehen darf. Bei einer Aussprache aller Lehrstuhlleiter unserer Dienststelle beim damaligen Kommandeur der Offiziershochschule, Konteradmiral Kahnt, Anfang Oktober 1989 zu den Ereignissen in der DDR, äußerte unser Lehrstuhlleiter ganz ungeschminkt unsere Position dazu.

Diese war, daß die Regierung und das Politbüro der Partei endlich auf die Forderungen der Menschen eingehen, die Vogel-Strauß-Politik aufgeben, Maßnahmen zur Verbesserung der Lebensbedingungen einschließlich der Reisefreiheit für die Menschen beschließen und sofort einleiten müßte. Die Menschen müssen daraus ersehen, daß es sich lohnt in diesem Land zu bleiben, hier zu arbeiten und zu leben. Das hatte natürlich zur Folge, daß der Kommandeur und die Politabteilung den Leiter der Politabteilung, Kapitän zur See Schirmer, anwiesen, am 18. Oktober um 16.00 Uhr in unserem Lehrstuhl zu einer Aussprache mit uns zu erscheinen und in diesem Gespräch auch gleichzeitig die konterrevolutionären Rädelsführer zu entlarven.

Am genannten Tag kam auch dieser Genosse zu uns. Der Lauf der Dinge hatte sich aber weiter zugespitzt. Zu diesem Zeitpunkt war Erich Honecker bereits von seiner Funktion entbunden und Egon Krenz war Staatsratsvorsitzender geworden. Kapitän zur See Schirmer mußte nun ganz kleinlaut zugeben, daß wir wohl die politische Situation, die zu diesen Demonstrationen und der Massenflucht von Menschen aus der DDR führte, besser erkannt hätten als die Parteiführung und die Leitung der Offiziershochschule. Er forderte uns nun auf, mit der Parteiführung einen Schulterschluß herbeizuführen, sie bei den nun einzuleitenden Maßnahmen zu unterstützen. Aber in dieser Hinsicht kam er bei uns allen schlecht an. Unsere eindeutige Meinung dazu war, daß das nun zu spät wäre. Viel früher hätte die Parteiführung dies herbeiführen müssen, hätte die Schranken, die sie von Anfang an zwischen sich und den Mitgliedern errichtete, erst gar nicht errichten sollen. Diese führenden Genossen hätten sich als Götter gefühlt und sich von der Masse der Mitglieder und auch den anderen Menschen der DDR abgesondert. Jede von den Menschen geäußerte Kritik bezüglich eines geduldeten, wenn nicht sogar geförderten Personenkults, hätten sie rigoros unterdrückt. Sie hätten anstelle einer klassenlosen Gesellschaft, in der alle gleiche Rechte haben und die sie immer den Massen predigten, eine Gesellschaft mit Privilegierten und die große Masse der Nichtprivilegierten geschaffen.

Ich sagte diesem Genossen, daß es einen richtigen Schulterschluß vorher nicht gegeben hat und es ihn auch jetzt nicht geben wird. Der Öffentlichkeit wurde ein solcher Schulterschluß nur immer vorgegaukelt, immer dann, wenn die Parteiführung die Stimme des kleinen Mannes für die Wahl brauchten. Die Führung der Partei, auch in unserer Dienststelle, hat sich stets vom einfachen Mitglied abgesondert. Sie hat sich ihre Privilegien geschaffen, während sie den kleinen Mann außen vor ließ. Eine dieser Privilegien war zum Beispiel der Verkauf von exquisiter Ware und anderer Ware in der Militärischen Handelsorganisation (MHO), welche für die Menschen in der DDR in den Konsum- und HO-Läden Mangelware war. Sie wurde in dieser Verkaufseinrichtung nur an hohe Kommandeure, an hohe Polit- und Parteifunktionäre verkauft. Diese Waren wurden diesem Personenkreis in gesonderten Räumen, zu denen nur diese Personen den Zutritt hatten, bereitgestellt. Bei diesem Problem war von der sogenannten und so oft propagandistisch in den Vordergrund gerückten und gepriesenen sozialistischen Menschengemeinschaft nichts zu merken. Hier traf das Sprichwort: „Sie predigten öffentlich Wasser und tranken heimlich Wein" voll auf diesen Personenkreis zu. Für den kleinen Mann gab es nur die alltägliche Ware in den HO-Verkaufsstellen, sowie des KONSUM und der MHO-Verkaufsstelle der Dienststelle zu kaufen. Und diese in den letzten Jahren auch nur in begrenztem Umfang.

In dem Haus in Stralsund, in dem ich damals eine Wohnung hatte, wohnte ein solch privilegierter hoher Offizier der Offiziershochschule, der Stellvertreter des Kommandeurs der Offiziershochschule für Sicherstellung, Kapitän zur See Neumeister. Ihm und seiner Familie wurde solche exquisite Ware, welche für die Bevölkerung Mangelware war, vom Personal der MHO zum Auswählen sogar an den Wochenenden mit einem Auto zu seiner Wohnung gebracht. Ich erlebte also alles aus erster Hand.

Kapitän zur See Schirmer schlich anschließend wie ein geprügelter Hund davon. Er ließ sich auch bis zum bitteren Ende nicht mehr blicken. Einige dieser Genossen und hohen Kommandeure, die entgegen dem Grundsatz, daß der Kapitän als Letzter sein Schiff verläßt, wenn dieses im Sinken ist, waren dann auch die Ersten, die das sinkende Schiff verließen. Sie, die sich immer als die verdienstvollsten Kommandeure, Funktionäre und Kommunisten betitelten, sich Orden und Auszeichnungen an die Brust hefteten, traten als erste aus der Partei aus. Sie, die aufgrund ihrer Dienststellung Menschen führten und befehligten und für diese verantwortlich sein sollten, ließen diese nun im Stich und versuchten für sich zu retten, was noch zu retten war. Einigen solcher ehemaliger DDR-Bürger, ob von der ehemaligen NVA oder von Instituten, Hochschuleinrichtungen und anderen Bereichen der DDR, die als mittlere und höhere Partei- oder FDJ-Funktionäre tätig und daher Nomenklaturkader der SED waren, stünde es gegenwärtig besser zu Gesicht und es wäre auch ehrlicher von ihnen, sich zu ihrer Biographie zu bekennen, als sich jetzt den Anschein zu geben, Widerstandskämpfer gegen das SED-Regime gewesen zu sein. Widerstandskämpfer, die zu DDR-Zeiten ihren Widerstand nicht offen leisteten oder in irgendeiner anderen Form zum Ausdruck brachten.

Ich muß hier aber auch sagen: Ich habe sehr viele einfache Menschen, unter ihnen etliche Mitglieder der SED, kennengelernt, die ehrlich und aufrichtig ihre Arbeit versahen und von der sozialistischen Gesellschaftsordnung als der einzigen gerechten sozialen Ordnung überzeugt waren. Für diese Menschen brach durch die Wende eine Welt zusammen. Letztendlich sind sie heute die Betrogenen und aufgrund der betriebenen Politik der Ausgrenzung dieser Menschen die Verlierer der Einheit. Ich lehne es daher auch ab, wenn Bürger der Altbundesländer gegenwärtig über die Verhaltensweise der Ostdeutschen in der DDR so pauschal und für diese Menschen entwürdigend urteilen. Wie hat sich denn das deutsche Volk während der Zeit der nationalsozialistischen Herrschaft verhalten? Es ist doch eine Tatsache, daß sich die überwiegende Mehrheit des Volkes der Hitlerdiktatur unterordnete, bis zuletzt dieser Diktatur gedient hat. Unter all diesen Menschen waren die Väter und Mütter der jetzt Erwachsenen, wenn nicht zum Teil auch noch sie selbst. Nur ganz wenige dieser Menschen haben Widerstand geleistet.

Und wie hätte sich die Bevölkerung der Altbundesländer verhalten, wenn auf ihrem Gebiet nicht die Westalliierten, sondern die Sowjetunion Besatzungsmacht gewesen wäre? Darüber sollten diese Menschen nachdenken, bevor sie über andere derart urteilen. So sehr auch die Wiedervereinigung von vielen Menschen der damaligen

DDR herbeigewünscht wurde, brachte sie aber auch für viele Menschen in diesem Land das berufliche Aus, das Abgleiten in eine Armut, die sie in dem Maße bisher nicht kannten.

Der Antagonismus in der Entwicklung beider Teile Deutschlands, die Spaltung Deutschlands und die somit gewaltsame Trennung von Familienbanden zwischen West und Ost, ist durch die Wiedervereinigung aufgehoben. Die damit gewonnene persönliche Freiheit, von vielen in der DDR meist nur bezogen auf die Reisefreiheit, war nun den Menschen in Ostdeutschland gegeben. Aber was nützt vielen dieser Menschen diese gewonnene Reisefreiheit, wenn sie durch den Fall in die Arbeitslosigkeit zu Gefangenen ihrer näheren Umgebung wurden, da ihnen als Arbeitslose oder Sozialhilfeempfänger das nötige Reisegeld fehlt. Meiner Auffassung nach gibt es keine absolute Freiheit. Jede Gesellschaft, auch die der Bundesrepublik Deutschland schafft durch ihre Gesetze immer Zwänge, durch welche die Freiheit des Einzelnen, des Individuums, eingeengt wird. Man kann daher auch sagen: Freiheit ist immer nur die Einsicht in die gesellschaftliche Notwendigkeit. Als 1990 die ersten höheren Offiziere der Bundesmarine zu uns in die Dienststelle kamen, um die Übernahme vorzubereiten, wurde an diese die Frage gestellt, wie es nun weitergehen soll. Einer dieser Offiziere soll daraufhin gesagt haben: Was wollt Ihr? Den Krieg habt Ihr verloren. Wir haben ihn gewonnen und nun legen wir fest, was geschehen soll und wird. Und danach richteten sie sich dann auch.

Hier müßte auch die Frage gestellt werden, wer eigentlich die Revolution in der DDR begonnen und durchgeführt hat. Die Bundesbürger der damaligen Bundesrepublik Deutschland oder die DDR-Bürger? Wenn man nach dem gegenwärtigen Siegesgebaren vieler Bundesbürger aus den Altbundesländern geht, waren wahrscheinlich diese die Revolutionäre in der DDR und nicht die DDR-Bürger.

Am 2. Oktober 1990, 15.00 Uhr, erfolgte an der Offiziershochschule der Volksmarine in Stralsund der Große Zapfenstreich. Alle Armeeangehörigen der Dienststelle waren in Paradeuniform angetreten. Der Befehl des Ministers für Abrüstung und Verteidigung der DDR über die Auflösung der Nationalen Volksarmee wurde verlesen. Unter feierlichen Klängen der DDR-Hymne wurde die Truppenfahne eingeholt. Der Große Zapfenstreich erfolgte zeitgleich in allen Truppenteilen der Nationalen Volksarmee. Damit

Letzter Einmarsch mit der Truppenfahne an der Offiziershochschule der Volksmarine

Der Trompeter bläst den Großen Zapfenstreich

hörte die Nationale Volksarmee der DDR auf zu bestehen. Das letzte
Kapitel ihrer Geschichte war damit geschrieben. Ab 3. Oktober
unterstand der gesamte Personalbestand nun offiziell dem Verteidigungsminister der Bundesrepublik Deutschland. Die Dienststelle
wurde als Marineschule Stralsund durch den neuen Kommandeur,
Kapitän zur See Petersen, und seinem neuen Stab geführt.
Entgegen vorherigen Festlegungen zur Weiterführung der Dienststelle als Marineschule Stralsund wurde sie Ende des gleichen Jahres
aufgelöst und der gesamte Personalbestand, Uniformierte und Zivilbeschäftigte, in die Arbeitslosigkeit entlassen. Der Einigungsvertrag
zwischen der DDR und der BRD wurde zu Makulatur. Der Ver-
tragspartner DDR existierte nicht mehr und die Bundesregierung
richtet sich kaum nach den Bestimmungen des Vertrages.

Nach der Wende wurden der DDR und ihrer Nationalen Volksarmee Aggressionsabsichten gegenüber den NATO-Ländern unterstellt. Ich kann dazu nur aus meiner Sicht feststellen: In keinem
Ausbildungsdokument bei uns an der Offiziershochschule der
Volksmarine gab es eine derartige Aussage. Bei der Ausbildung von
Offiziersschülern und der Offiziershörer im Kommandantenlehr-
gang wurde eine solche Aussage nie getroffen. Man ging stets von
einem Überfall auf die DDR bzw. das sozialistische Lager aus. Das
wurde in der theoretischen als auch in der praktischen Ausbildung
am Taktiktrainer immer als Ausgangslage angenommen. Stets war
es so, daß bei einem Überfall auf unser Land und dem Eindringen
des wahrscheinlichen Gegners in unser Gebiet, dieser auf dem
Territorium der DDR zum Stehen gebracht werden muß. In den
darauffolgenden Gegenmaßnahmen sollte er auf sein Territorium
zurückgedrängt werden, um dann auf diesem geschlagen zu werden.
Nie wurde davon ausgegangen, von unserer Seite einen Angriffs-
krieg gegen die NATO oder die einzelnen Bündnispartner der
NATO zu beginnen.
Ich kann das sagen, da ich sowohl als Berufssoldat als auch später
als Zivilbeschäftigter immer Zugang zu vertraulichen und gehei-
men Verschlußsachen in unserer Dienststelle hatte und den Inhalt
dieser Dokumente kannte. Zwanzig Jahre lang war ich Kontrolleur
der VVS- und GVS-Dokumente und mußte bei der jährlichen Kontrolle Seite für Seite jedes einzelne Dokument kontrollieren. Hinzu
kam, daß ich aufgrund meiner dienstlichen Tätigkeit zum Empfang
von VVS- und GVS-Dokumenten für die Ausbildung berechtigt war.
Zum Empfang besonders geheimer Dokumente war nur ein begrenz-
ter Personenkreis an der Offiziershochschule berechtigt und mußte
von der Verwaltung 2000 jährlich bestätigt werden. Ich gehörte zu
diesem Personenkreis. Die Nationale Volksarmee der DDR als
Teilstreitkraft der Armeen des Warschauer Vertrages hatte unter
anderem die Aufgabe, ihre Verteidigungsfähigkeit so zu organisie-
ren, daß zwischen dem Warschauer Vertrag und dem Nordatlantik
Pakt ein militärisches Gleichgewicht gewahrt wird. Alle Auf-
rüstungsbestrebungen der NATO wurden durch entsprechende
Maßnahmen von unserer Seite begleitet. Letztendlich führte das
Bestreben der Länder des Warschauer Vertrages, mit der Aufrüstung
der NATO Schritt zu halten, mit zu unserem wirtschaftlichen
Untergang.
Desgleichen wurde den Berufssoldaten der Nationalen Volksarmee

nach der Wende vorgeworfen, sie wären in der DDR in Fragen der Besoldung gegenüber den anderen Werktätigen der DDR privilegiert gewesen. Man begründete mit dieser Aussage auch die im Bundestag beschlossene Rentenkappung für diesen Personenkreis. Eine solche Rentenkappung hat es noch nicht einmal für Kriegsverbrecher des Dritten Reiches oder gegen andere Gewaltverbrecher in der BRD gegeben. Im Gegenteil: Ehemalige SS-Angehörige aus dem Baltikum erhalten laut bundesdeutschem Gesetz von der Bundesrepublik Deutschland für ihre Tätigkeit im Dritten Reich, für Verbrechen gegen die Menschlichkeit, die sie auf Befehl des Führers des Deutschen Reiches gegen das eigene Volk und gegen fremde Völker begingen, eine Sonderrente. Dieses Gesetz und das Rentenkappungsgesetz für die ehemaligen Angehörigen der bewaffneten Kräfte der DDR wurde vom Deutschen Bundestag in Bonn verabschiedet.

Hinzu kam die Ausgrenzung ehemaliger Berufssoldaten der DDR aus dem wirtschaftlichen Leben nach der Wende. Ich habe dazu meine eigenen Erfahrungen machen müssen. Auf meine Bewerbungen erhielt ich die lapidare Antwort: Für ehemalige Berufssoldaten der DDR keine Verwendung. Zu den Vorwürfen kann ich nur sagen: Es stimmt, es gab privilegierte Personen. Diese hatten ein weitaus höheres, überdurchschnittliches Einkommen, wurden mit Waren jeglicher Art und auch der Bereitstellung von Urlaubs- und Kurplätzen weitaus besser als alle anderen DDR-Bürger versorgt. Diese privilegierten Personen waren aber nur hohe Kommandeure, ihre Stellvertreter sowie die hohen Politoffiziere und hohen Parteifunktionäre. Aber niemals traf das zu für die große Masse der Berufssoldaten (Offiziere, Fähnriche und Unteroffiziere).

Mein Privileg war nicht ein überdurchschnittliches Gehalt (meine beiden ledigen Söhne verdienten in ihrem Betrieb weit mehr als ich, der ich eine Familie zu versorgen hatte), sondern daß ich als Berufssoldat nach Dienstschluß, wenn mein Dienst es mir erlaubte, die Nachtzeit und die Wochenenden bei meiner Familie im Standort verbringen durfte. Ich stand ja in einem täglichen sogenannten 24-Stunden-Dienstverhältnis, welches mir gestattete, in der dienstfreien Zeit bei meiner Familie zu sein, wo ich aber zu jeder Zeit abgerufen werden konnte, was auch oft genug geschah.

In meiner dienstfreien Zeit durfte ich ohne Urlaubsschein den Standort Stralsund nicht verlassen. In dieser Freizeit durfte ich keinerlei andere bezahlbare Tätigkeit ausüben. Ein von mir an das

Kommando Volksmarine gestellter Antrag zur Ausübung einer Lehrertätigkeit bei der Erwachsenenqualifizierung durch mich in der Volkshochschule Stralsund in meiner Freizeit, wurde mit dem Hinweis, ich stünde in einem 24-Stunden-Dienstverhältnis und dürfe in dieser Zeit keine andere bezahlbare Tätigkeit ausüben, abgelehnt. Stellt man dieses tägliche 24-Stunden-Dienstverhältnis zu meinem Einkommen ins Verhältnis, dann gehörte ich zu den am schlechtesten, nach Stundenlohn bezahlten Menschen in der DDR.

Diesen Antrag stellte ich, da die Volkshochschule an mich mit der Bitte herantrat, bei der Erwachsenenqualifizierung 480 Stunden Elektrotechnik zu lehren.

Ein weiteres Privileg war, daß ich in den 60er und 70er Jahren wochenlang in den Landwirtschaftlichen Produktionsgenossenschaften (LPG) im Ernteeinsatz sein durfte, um den LPG-Bauern von früh bis spät abends, auch an Samstagen und Sonntagen, bei jedem Wetter zu helfen, die Ernte einzubringen. Und wenn es im Winter Schneestürme mit Verwehungen gab, dann durfte ich auch Tag und Nacht im Einsatz sein und Eisenbahnstrecken und andere Verkehrswege vom Schnee räumen helfen. Wo waren da die Werktätigen? Warum sah man diese so selten bei solchen Einsätzen? Damals kursierende Gerüchte besagten, daß den Arbeitern der Betriebe, wenn sie bereit waren mitzumachen, für ihr Mitwirken bei solchen Einsätzen Prämien in Aussicht gestellt wurden. Als Berufssoldat erhielt ich für solche Einsätze nichts. Für einen Soldaten der NVA war das in der DDR ganz normal. Das sind Tatsachen, die man nicht leugnen kann. Es gibt darüber genügend Archivmaterial. Man verschweigt sie aber geflissentlich, um ja nicht etwa ein besseres Bild von der Nationalen Volksarmee entstehen zu lassen.

Als 1997 Soldaten der Bundeswehr bei der Hochwasserkatastrophe im Oderbruch im Einsatz waren, wurde die Bundeswehr als wahre Volksarmee bezeichnet. Solche und andere derartige Einsätze waren in der 35-jährigen Geschichte der Nationalen Volksarmee durch ihre Soldaten eine Dauererscheinung. War sie daher keine Volksarmee? Ich persönlich betrachte diese vom Bundestag beschlossene Rentenkappung als politischen Racheakt gegenüber den Uniformträgern der DDR, der einmalig in der deutschen Geschichte ist und mit rechtsstaatlichen Auffassungen nichts gemein hat. Aufgrund unserer massiven Proteste und Klagen vor den Sozialgerichten und der Solidarität vieler prominenter Rechtsvertreter, wie Anwälte und

Professoren des Sozialrechts der BRD und auch Politiker, mußte sich der Bundestag mit dieser Frage beschäftigen und 1997 eine Abänderung dieses Kappungsgesetzes beschließen.

Der Neubeginn meines Lebens mit der Stunde Null in dem nun vereinigten Deutschland brachte mir und meiner Frau die Arbeitslosigkeit. Meinen Kindern die Ungewißheit und Angst um die Zukunft. Meinen Enkeln die berufliche Perspektivlosigkeit. Gewaltverbrechen, wie wir sie bisher nicht kannten und Drogenmißbrauch nehmen im Osten Deutschlands rasant zu. Mit der so gewonnenen Freiheit können wir daher nicht besonders glücklich werden. Dabei kann ich noch froh sein, daß ich schon 58 Jahre alt war. Da ich auf meine Bewerbungen stets eine Absage erhielt, wurde ich in den Vorruhestand geschickt und war so erst einmal finanziell etwas abgesichert. Das traf auch für meine Frau zu, die in dieser Zeit in der Betriebsküche der Landwirtschaftsfachschule in Stralsund tätig war. Als 1990 die Frage der Wiedervereinigung der beiden Staaten auf der Tagesordnung stand, habe ich das begrüßt. Man kann auf die Dauer eine Nation, Verwandte und Freunde nicht voneinander trennen und glauben, daß nach einigen Generationen diese Verwandtschaftsverbindungen aufhören werden zu bestehen, daß sich die Menschen in beiden Teilen Deutschlands auseinanderleben würden. Dieser Zustand sollte wohl nach dem Willen der DDR-Führung in ihrem Bestreben nach einer totalen Abgrenzung herbeigeführt werden. Aber auch die gegenwärtige Deklassierung von Ostdeutschen durch die betriebene Politik der Bundesregierung vertieft nur für die Menschen in den alten und neuen Bundesländern die noch vorhandenen Gräben. Die gegenwärtigen Beziehungen zwischen den Menschen in Ost und West lassen zum Teil darauf schließen.

Ich gehörte zu den Menschen im Osten Deutschlands, die an den Sozialismus glaubten, einen Sozialismus für den Menschen und die einen Traum geträumt haben von einer Welt ohne Krieg und Elend, ohne Ausbeutung und Unterdrückung des Menschen durch den Menschen. Einen Traum von einer Welt der sozialen Gerechtigkeit. Der Verlauf der deutschen Geschichte, insbesondere die erste Hälfte des 20. Jahrhunderts hatte uns gezeigt, daß die kapitalistische Gesellschaft nicht in der Lage ist, solche Bedingungen für die Menschheit zu schaffen. In der kapitalistischen Gesellschaft zählt nur der Drang nach dem materiellen Besitz und immer mehr Besitz. Alles wird der Erzielung von Profit untergeordnet. In dieser sich so christlich gebärdenden Gesellschaft wird nicht Gott, sondern das goldene Kalb angebetet. Sittlichkeit und Moral verfallen zunehmend. Das alles sehen wir im Osten Deutschlands jetzt, nach der Wende, sehr deutlich. Menschliche Werte zählen kaum etwas. In einem angeblich so reichen Land wie der Bundesrepublik Deutschland, in dem Tausende von Wohnungen leer stehen, gibt es Obdachlose. Menschen, die unverschuldet auf der Straße kampieren müssen, da sie nicht das Geld haben, die Miete für eine Wohnung aufzubringen. Wo bleibt da die so viel gepriesene christliche Nächstenliebe? Wo ist das so gepriesene Menschenrecht und die Menschenwürde? Auch Stralsund hat jetzt leerstehende Wohnungen und Obdachlose und eine sehr große Anzahl Arbeitslose. Das Wort Obdachlose und Arbeitslose kannten wir bis zur Wende nicht. Den ersten Toten unter Stralsunds Obdachlosen gab es vor zwei Jahren. Er ist in einer frostigen Winternacht mangels Unterkunft einfach erfroren.

Sind solche Gesetze, die den Schutz des ungeborenen Lebens fordern, den geborenen Menschen aber in der Gosse verrecken lassen, der Ausdruck einer demokratischen, rechtsstaatlichen und christlichen Gesellschaft?

Unser Traum war leider nur ein Traum, wie der des Thomas More im England des 15. Jahrhunderts, der in seinem Buch Utopia ein Staatswesen der sozialen Gerechtigkeit schildert. Unser Traum scheiterte letztendlich auch an der Unzulänglichkeit der Menschen unserer Zeit. Heute, 1997, sind meine Frau und ich schon seit zwei Jahren vorzeitige Rentner. Unsere beiden Renten reichen uns, um leben zu können. Wir haben unser Leben gelebt. Ein Leben mit Höhen und Tiefen, angefüllt mit Sorgen und Entbehrungen aber auch mit Freude über Erreichtes. Wie wird aber das unserer Enkelkinder sein? Was bringt ihnen die Zukunft? Was können sie von dieser erwarten? Betrachtet man die gegenwärtige wirtschaftliche Lage Deutschlands, so gibt die wenig Hoffnung auf eine erfolgreiche berufliche Perspektive für meine Enkelkinder. Die Arbeitslosigkeit grassiert, besonders in den neuen Bundesländern. Die Zukunftsaussichten sehen nicht besser aus.

Für meine Frau und mich bleibt nur noch, die restlichen Jahre und Tage in unserem Dasein im Kreise unserer Familie sich so angenehm wie nur möglich zu gestalten. Wie heißt es doch? Das Leben, gemessen an seinen Zeitläufen, ist nur kurz, der Tod aber ewig!

Nachbetrachtungen

Wenn ich heute, im Jahr 1997, Rückschau über den Verlauf meines Lebens halte, dann drängt sich mir der Schluß auf, daß ich zu den Verlierern gehöre. Und das gleich in zweifacher Hinsicht.

1.

Weil ich durch den von Deutschland ausgehenden Zweiten Weltkrieg meine angestammte Heimat verlor, in der über 600 Jahre Deutsche lebten, arbeiteten und starben. Durch unsere Aussiedlung 1946 verloren wir, weil wir Deutsche waren, alles.

2.

Die Wende stellte mich erneut an die Seite der Verlierer. Sie brachte mir die Arbeitslosigkeit. Als ehemaliger Berufssoldat wurde ich mit ins gesellschaftliche Abseits durch die jetzt betriebene Politik des Ausgrenzens dieser Menschen, die aufgrund ihrer politischen Überzeugung an den Sozialismus glaubten und entsprechend handelten, gestellt. Für unsere Überzeugung werden wir jetzt bestraft. Hinzu kommt die Erkenntnis, daß unser Glaube an eine gerechte Sache und unsere Überzeugung von den ehemals Herrschenden der DDR mißbraucht wurde.

Aber diese Erkenntnis kommt für viele von uns zu spät. Ein Bekannter von mir äußerte sich einmal dahingehend: Die DDR hat von dem großen deutschen Denker Karl Marx das "Kommunistische Manifest" und die BRD das "Kapital" geerbt. Nur wir haben es nicht verstanden, daraus etwas Nützliches für die Menschen in der DDR zu machen.

ENDE

Fußnotenverzeichnis

$/^1$ siehe Drexlerhauer Heimatbuch Seite 2 (Helmbrechts und Kronach 1980)

$/^2$ Filmbericht: Die Karpatendeutschen Eine vergessene Volks gruppe in der Slowakei (Südwestdeutsches Fernsehen 1997)

$/^3$ Lokatoren waren vom jeweiligen Landesherrn beauftragte Personen zur Anwerbung von Siedlern

$/^4$ siehe Drexlerhauer Heimatbuch Seite 2 (Helmbrechts und Kronach 1980)

$/^5$ ebenda

$/^6$ Filmbericht: Die Karpatendeutschen Eine vergessene Volksgruppe in er Slowakei (Südwestdeutsches Fern sehen 1997)

$/^7$ siehe Drexlerhauer Heimatbuch Seite 22 (Helmbrechts und Kronach 1980)

$/^8$ ebenda: Seite 50

$/^9$ ebenda; Seite 70

$/^{10}$ ebenda; Seite 72

$/^{11}$ ebenda; Seite 86

MINISTERRAT
DER DEUTSCHEN DEMOKRATISCHEN REPUBLIK
Ministerium für Nationale Verteidigung

Stellvertreter des Ministers und Chef der Volksmarine

Auszug aus dem

BEFEHL Nr. 60/82

über

Kader

vom: 22. 10. 1982

Der nachstehend genannte Fähnrich wird aus dem aktiven Wehrdienst entlassen:

I. Wegen Erfüllung der Dienstzeit

MIT WIRKUNG VOM 31. OKTOBER 1982

Oberfähnrich Frömmel, Simon

Fachlehrer für Waffenleitsysteme - 7271 - der Offiziershochschule der Volksmarine "Karl Liebknecht"

140632401346 82 372714573

Abb. 1: Mein Entlassungsbefehl aus dem aktiven Wehrdienst Blatt 1

Genosse Oberfähnrich!

Ich danke Ihnen für Ihre vorbildliche und aufopferungsvolle
Arbeit während Ihres aktiven Wehrdienstes in der Nationalen
Volksarmee.
Ich bin überzeugt, daß Sie als Offizier der Reserve unsere
Nationale Volksarmee überall ehrenvoll vertreten, Ihre ganze
Kraft zur Förderung der Bereitschaft und der Fähigkeit aller
Bürger zum militärischen Schutz des Sozialismus einsetzen
und damit auch weiterhin einen wichtigen Beitrag zur Stärkung
zur Verteidigungsbereitschaft der Deutschen Demokratischen
Republik leisten.

Rostock, den 22.10.1982   gez. Ehm
                                           Admiral

F.d.R.d.A.
Leiter der Unterabteilung Kader   Rothe
                                           Fregattenkapitän

Abb. 2: Mein Entlassungsbefehl aus dem aktiven Wehrdienst   Blatt 2

Abb. 3: Karte vom Gebiet um Drexlerhau (Janova Lehota) in der Mittelslowakei

Abb. 4: Die Gemarkung von Drexlerhau

Offiziershochschule der Volksmarine
„Karl Liebknecht"

Unsere Jahrt 1979

10088 sm

Abb. 5: Zertifikat für die Teilnahme einer Ausbildungsfahrt und einer Taufe an
Bord des Schulschiffes S61

TAUFSCHEIN

Wir Neptun, Beherrscher aller Meere,
Seen, Flüsse, Teiche uud Tümpel
beurkunden hiermit, daß der Staubgeborene

Fähnrich Frömmel, Simon

an Bord der Uns wohlbekannten
Schiffe „Wilhelm Pieck" und „Otto v. Guericke"
nach unserem seemännischen Ritus
auf den Namen

Neunauge

getauft worden ist,
also daß derselbige gehörig gesalbet
und wohl vorbereitet sei,
Unsere Gewässer auf der westlichen Halbkugel,
das Mittelmeer und das Schwarze Meer
zu befahren.

Neptun   Kommandant

Ag 117/IV/10b/79-40-125

Abb. 6: Der Taufschein

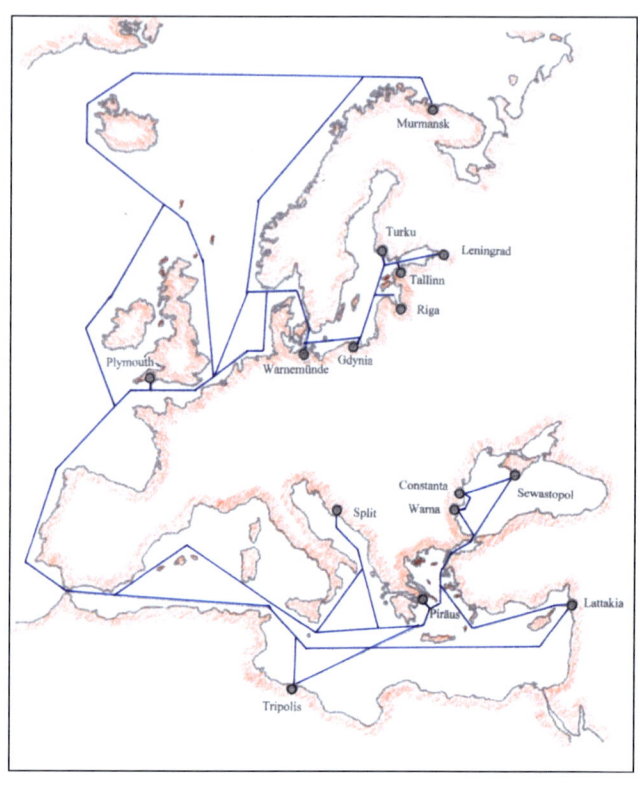

Abb. 7: Überblick über die Häfen und Seegebiete, die mit dem Schulschiff
der Volksmarine „Wilhelm Pieck" bei Ausbildungsfahrten mit Offiziersschülern von 1976 bis 1989 angelaufen wurden